Kadokawa Fantastic Novels

彩頁・內文插圖：みやま零

目錄

Life.0 10

Life.1　不當人類。 22

Life.2　化身惡魔。 83

Life.3　交到朋友。 152

Life.4　拯救朋友！ 203

New Life. 265

後記 275

和那個人的髮色一樣——

看著沾滿鮮血的手掌，我如此心想。

紅色——比自然的莓金色更加豔麗的鮮紅髮色。

沒錯，那個人的美麗鮮紅長髮，就和我手上的鮮血同樣顏色。

Life.0

兵藤一誠——這是我的名字。「一誠、一誠。」父母與學校的人都是這樣叫我。

目前是個高二生，正值歌頌青春的年紀。

偶爾會聽見不認識的學生說：「那個傢伙就是一誠吧？」真不知道我的名字是有多麼家喻戶曉。

其實我是風雲人物？

不，沒有這回事。畢竟我涉嫌偷窺女子劍道社的社辦，成了惡名昭彰的色狼。

竟然懷疑我偷窺女子社團的社辦。這種不知廉恥的事，我……

對不起，我的確在現場。就是女子劍道社隔壁的倉庫。我原本是打算從倉庫牆上的小洞偷窺沒錯。

可是我沒有偷窺。誰叫松田和元濱一直不肯讓出偷窺孔，那些傢伙真是……

光是聽到那兩個笨蛋興奮地說些「嗚喔喔喔！村山的胸部果然很大。」、「喔——片瀨的腿超美的。」之類的話，我就快要不行了。

我也很想看啊！可是因為有人似乎打算進來倉庫，我們只好趕緊落跑。

就在我每天投注熱情在這種色色的事時，幸福突然降臨到我身上。

「請你和我交往。」

有女生向我告白！

真是青春啊。

對沒有女朋友的我而言，那就像一陣風——一陣名為青春的酸甜之風……

我人生之中第一個女朋友——名叫天野夕麻。是個擁有一頭潤澤黑髮的纖瘦女生。

她真的好可愛，我一見到她就對她一見鍾情。

眼前出現一名超級美少女，又對我說「兵藤同學！我喜歡你！請你和我交往！」任誰都會立刻答應吧？

對於一個沒女友期＝年齡的男人來說，這真是再夢幻也不過的狀況。跟別人說了就算得到「你是在說哪個戀愛遊戲的情節？」反應也不奇怪，但是真的發生了！

奇蹟真的發生了！有人對我告白！還是美少女！

我原本也以為這是不是什麼整人企劃，還再三懷疑她是否帶了人等在後面，準備見證懲罰遊戲。

這也是沒辦法的事。直到那一天的那一刻，我都是個以為自己天生不受惹人愛之星眷顧的少年。

從那天開始，我有了女朋友。層次整個不一樣了。該怎麼說，感覺心情十分輕鬆。在學校的走廊上和其他男同學擦身而過時，我都想對他們說……

我贏了！

想到我的兩個朋友松田和元濱都沒有女朋友，不禁為他們感到可憐。我的心境就是變得如此寬闊。

接著是我們交往之後的第一次約會。

終於來到我老早擬定的約會計畫付諸實行的時候了。

哼哼哼，我昨天晚上刷了好幾次牙，找不到任何牙垢。

我還買了新內褲。天曉得會發生什麼事。

就是這樣，我帶著滿滿的處男心態迎接今天的約會。

確實遵守約定的時間。畢竟我在夕麻出現前三個小時就抵達現場，經過我面前的眼鏡娘都有一百個了！

不過在我等待之時，有個莫名其妙的傢伙發給我一張詭異的傳單。

是張神祕的傳單，上面寫著「實現你的願望！」還畫有詭異的魔方陣。

……我很想丟掉，但是現在又不方便丟，只好先塞進口袋裡。

見到夕麻來了，我對她說聲：

「沒有，我也是剛到。」

成功！應該說是終於說出口了。我一直想說這句話！

接著我們手牽手邁開腳步。可以和美少女牽著手悠閒約會，真是太感動了！

感動到眼睛快要流出溫熱的液體。

別著急。現在還不是慌張的時候。

之後我們逛了服飾店、看看裝飾房間的小飾品等等，盡情享受這次約會。

畢竟還是高中生，午餐只是到家庭餐廳吃飯，但是夕麻點了巧克力百匯，似乎吃得很開心。光是看著這副模樣我就心滿意足了。

我深刻體會到：啊——這就是年輕人的約會啊。我確實感覺到自己現在真正活著。

媽媽，謝謝妳生下我。爸爸，我原本以為自己沒辦法將爸爸的基因流傳下去，不過看起來不需要擔心了。

正當我想著這些事時，時間已經來到傍晚了，各位觀眾！

約會的高潮即將來臨！

親吻？回家前來個吻別？我在腦中像個傻子般亢奮不已！

說不定還可以更進一步！

身為一個正值性慾旺盛期的高中男生當然會這麼想。

傍晚的公園。

這個與市區有點距離的公園杳無人煙，除了我們兩個沒有其他人，也因此讓我色色的妄想更進一步升溫。

早知道就應該多調查教導成人知識的書才對！

夕麻不知何時放開我的手，走到噴水池前面。

「今天玩得很開心。」

以噴水池為背景露出微笑。

嗚——！怎麼會這麼可愛。可惡，背景的夕陽襯托得太完美了。

「吶，一誠。」

「什麼事，夕麻？」

「為了紀念我們的第一次約會，我想拜託你一件事，可以嗎？」

來了。出現了！

這就表示要那個吧！只有那個的可能吧！

嘴巴的味道！沒問題！心理準備！嗯——！心臟跳得超快的——！

「妳、妳想拜託我、什、什麼事？」

啊啊啊啊啊。聲音忍不住往上揚。被她發現我愚蠢的妄想怎麼辦！

都走到這一步了，我竟然犯下最糟糕的失誤……

然而夕麻只是對著我微笑。

然後清楚地對我說道：

「可以請你去死嗎？」

…………

……咦？什麼？

「……咦？妳是說……奇怪，抱歉，妳可不可以再說一次？我的耳朵好像怪怪的。」

聽錯了。

我心裡這麼想。一定是這樣沒錯。所以我才會反問。

可是——

「可以請你去死嗎？」

她又一次清楚地笑著開口。

讓人不明就裡的發言。我不由得苦笑，正打算回她一句「這個玩笑有點過分喔，夕麻。」之時——

啪。

夕麻背上長出黑色的羽翼。

羽翼拍了幾下，幾根黑色的羽毛隨之飛舞，落在我腳邊。

那是怎麼回事？

咦？夕麻的確是像天使一樣可愛沒錯……

天使？不，怎麼可能。

這是某種特效吧？

美麗的她以黃昏為背景拍打黑色的羽翼，的確是相當夢幻的場景。

只是我怎麼可能相信會有這種現象。

她的雙眼從之前的可愛，變成冰冷、恐怖的眼神。

「和你在一起的日子，我過得很開心。感覺就像陪青澀的小孩子玩扮家家酒。」

夕麻的聲音聽起來極度冰冷。成熟又妖豔，嘴角還掛著冷笑。

嗡。

一個比遊戲的聲效還要沉重的聲音震盪空氣。

隨著近乎耳鳴的聲音響起，夕麻手上出現什麼東西。

狀似長槍的東西。

好像在發光？感覺像是由光聚集而成……話說那根本就是長槍。

咻。

風切聲。隨後響起一個沉悶的聲響。

咚！

好像有東西碰上我的腹部——腦袋才剛這麼想，原本在夕麻手上的光之長槍已經貫穿我的肚子。

原來是她對我擲出長槍……

不對、應該說，為什麼？

我想把長槍拔出來，但是長槍突然消失。

只留下貫穿肚子的洞。血。血。血。汩汩噴出。

腦袋暈眩，視線模糊。回過神來才發現我已經站不住腳，倒在地上。

喀、喀——腳步聲朝我接近。

一道細微的聲音傳進我耳中。是夕麻。

「抱歉囉。你對我們而言是個危險因子，必須趁早收拾才行。要恨就恨讓神器(sacred gear)寄宿在你身上的神吧。」

神……什麼……？

倒在地上的我無法追問。她沒有多作停留，腳步聲逐漸遠去。

我的意識逐漸模糊。貫穿肚子的洞，這算是重傷吧，雖然我感覺不到痛楚。

不過我清楚理解到情況不妙。我的意識正在急速消逝。

如果就此像睡著一樣失去意識，應該會很舒服吧。不過這麼一來我絕對會死。

真的假的……我才高二就要死了？

我的人生連一半都還不到耶！

在這個莫名其妙的公園，被女朋友拿長槍捅了一下就此掛點一點也不好笑！

唔……在我想著這些的同時，意識也逐漸模糊……

感覺我體內有很多東西都在消失……

唉，明天學校不知道會有什麼反應？

松田和元濱會不會嚇到？會不會哭啊？應該不會吧，那兩個傢伙……

老媽、老爸……我都沒有好好孝順你們……

話說回來……死後藏在房間各個角落的色情書刊會被翻出來，感覺很差……

……只是都快死了，我還在想這種不正經的事……

手……還能動……

伸手在肚子上摸了一下，然後移到自己面前。

紅……好紅啊，我的血。整個手掌一片鮮紅，這都是我的血。

這時我想起一件事。

在臨終之際，我想起一名女孩。

是名紅髮美女。每次在學校看見她，那頭紅髮都深深映在我的眼中。

……既然要死，應該死在那種美少女的懷中才對——我不禁如此心想……

明明有夕麻這個女朋友還這麼想，讓我覺得自己真是太花心了。不對，殺我的人好像就是夕麻……

……不過既然要死，真希望能摸過夕麻的胸部再死啊……

哈哈、都快死了，我的情色妄想還是停不下來……

唉，視線越來越模糊了……

最後一刻終於來臨了嗎……

該死，真是膚淺的人生……

……如果能夠投胎轉世，我……

「召喚我的人就是你吧。」

突然之間，有個人出現在我的視野裡，對著我開口。

大概是視線太過模糊，我連對方的長相都看不出來。

「你好像快死了。傷勢……哎呀，這個有意思。原來是你……太有意思了。」

那個人發出很有興趣的笑聲。

……什麼事這麼有意思……？

「既然都要死了，不如讓我救你一命，為我而活吧。」

在意識消失之前，我的眼睛看到鮮豔的紅髮。

Life.1　不當人類。

『快起床！快起床！再、再不起床，我、我要、親下去囉……』

「……嗯──」

用傲嬌聲線叫人起床的鬧鐘，並沒有達成叫醒主人的使命。因為它的主人早就摔下床，躺在地板上呻吟。

那個人就是我。

……這樣睡醒真的很糟。

我又夢見那個超級惡夢。

最近老是作那個夢。被夕麻殺死的夢。

然而我現在活得好好的，所以果然只是個夢。

「快起床！一誠！」

樓梯下傳來老媽的聲音。一如往常的早晨。

「知道啦！我要起床了！」

隨口應答的我從地上站起來。

唉……

今天依然有個糟糕到不行的開始。心情好不起來……

我一面套上制服，一面重重嘆口氣。

「我出門了。」

我強忍著呵欠，走出家門。

上學途中一直瞇著眼睛，忍受刺眼的朝陽。啊——感覺好沒勁。

最近我老是覺得受不了太陽。

曬在身上的陽光讓我感到刺痛，相當難受。

尤其是早上的陽光，就是拿它沒辦法。所以早上完全爬不起來。

也因為實在爬不起來，每天都要媽媽把我挖起床。

相反的，到了晚上便精神百倍。感覺體內湧現各種能量與衝動，顯得相當亢奮。

我完全變成一個夜貓子。

太奇怪了。

原本不是這樣的。我的確是比較晚睡，但是凌晨一點還醒著就已經是個奇蹟。

現在卻一直到凌晨三、四點都還沒有睡意。這段時間我都是看到早上的太陽才上床。

我既沒有沉迷在網路遊戲裡，也不是收看深夜節目成癮。

……我的身體到底是怎麼了。

難道是不想夢見自己被女朋友殺死，所以腦袋拒絕入睡？

……我個人是這麼覺得，不過應該沒有這回事。身體理所當然需要睡眠。

對於夜晚的感覺——好像也變得和以往不同。

該怎麼說，是種很難形容的感覺，好像有某種不知名的東西從體內深處湧現，讓我不禁蠢蠢欲動。

我曾經試著在半夜外出。腳步特別輕盈，而且越是融入幽暗的夜色之中越是亢奮，身心跟著不住顫抖。

我一時興起，在夜色裡衝刺，發現自己的腳程快到自己都不敢相信。

加入田徑社大概可以立刻成為正式選手吧。而且體力好像用不完，充沛到跑完全程馬拉松也不過像是慢跑一般。

得意忘形的我試著在白天跑了一下，結果深夜時的體力莫名消失了，成績奇差無比。

不，以高中生而言應該算是平均水準，但是和深夜時的腳程相比可是天差地遠。

一到晚上，我就會變得很奇怪。

光是聽這句話，別人可能會以為我是哪來的怪人，不過晚上那種解放感、亢奮感確實使我的身心產生劇烈的變化。

嗚……可是朝陽還是很難受……

相對於晚上的變化，早上讓我極度痛苦。

無論怎麼想，我的身體都不對勁。

這讓我不禁覺得，從那一天、我和夕麻約會的那一天之後，我就變得不一樣了。

私立駒王學園——

我所就讀的高中。

或許是因為這裡在幾年前還是一所女校，儘管現在變成男女合校，女生的比例依然比男生高得多。

雖然年級越低男生的比例越高，整體而言還是女生比較多。

我是高二，班上的男女比例是三比七。三年級則是二比八。

因此女生依然擁有壓倒性的發言權，學生會裡也是女生比較多，連學生會長也是女生。

雖然有著男性弱勢的校風，我還是選擇就讀這間學校。

理由很簡單。

這裡有很多女生。光是這點就夠棒了！

能夠突破公認很困難的入學考試，也是我的好色天性使然。

希望上課時能被女高中生包圍——

我會就讀這間學園，完全只是為了這個目的。

那又怎麼樣！

好色又怎麼樣！

這是我的人生！不准任何人有意見！我要在這間學校建立後宮！

這就是我在入學時訂下的目標。

只是如今已經變成過往雲煙。是我太天真了，以為有這麼多女生，隨便交到兩、三個女朋友應該很容易。

結果受歡迎的還是只有少數型男，女生根本不把我放在眼裡。不，對她們而言我和掉在走廊上的灰塵沒什麼兩樣。

該死！

我的計劃裡可沒有這回事！

怎麼可能！依照我的計畫應該一入學就會很快交到第一個女朋友才對！

之後幾經別離與邂逅，等到畢業時會有好幾個女生為了爭奪我的青睞而展開激戰，應該是這樣才對啊！

再、再這樣下去，我的目標會變成單純的妄想！

不對，根本已經是妄想了？

到底是哪裡出錯了？時代嗎？政治嗎？還是……問題其實出在自己身上……？

嗚哇啊啊啊啊啊啊！我不想承認啊！

我每天都像這樣抱頭煩惱。

我嘆氣的同時已經來到教室，走到自己的座位，一屁股坐在椅子上。

「喲——我的真心朋友。之前借你的ＤＶＤ如何？很色吧？」

來找我聊天的小平頭是我的朋友之一——松田。外型看似陽光運動少年，其實是個性騷擾發言有如家常便飯的變態。

運動萬能的他在國中時代刷新各項紀錄，高中卻加入攝影社，打算透過鏡頭拍下高中女生一切的邪惡動機十分明顯。

綽號是「平頭色狼」、「性騷擾狗仔」。

「呵……多虧今天早上的大風，才能一大早就看見高中女生若隱若現的小褲褲。」

這個一舉一動都顯得裝模作樣的眼鏡仔則是朋友之二，元濱。具有透過眼鏡將女生體型數值化的特殊能力（探測器）。擁有拿掉眼鏡戰鬥力就會驟降的特殊體質。

至於他的綽號是「眼鏡色狼」、「三圍探測器」。

他們就是我的兩個損友。

一大早看見他們的臉真是讓我幹勁全消、厭煩透頂。

「我拿到好東西囉。」

松田打開自己的書包，大方地將裡面的東西擺在我的桌上。

只見東西越堆越高，淨是些標題猥褻的書和ＤＶＤ。

「噫！」

遠處傳來女生輕聲尖叫的聲音。

嗯，很正常。畢竟一大早就看到這種東西。

接著傳來女生「一大早就這麼低級～～」、「好色的小鬼去死啦。」之類輕蔑的話語。

「吵死了！這就是我們的興趣！好了好了，老弱婦孺不准看！小心我意淫妳們喔！」

你的發言還是一樣下流呢，松田。

不久之前的我，看見桌上這堆東西一定會雙眼發亮、大聲嚷嚷「喔喔！這是哪來的這些好東西？」之類的話吧。可是最近我早上精神很差，實在沒那個心情。

看著我心情低落的表情，松田嘆口氣說道：

「喂喂喂。這麼多寶物擺在眼前，你那是什麼死樣子。」

「你最近很掃興喔。奇怪，真是太奇怪了。之前的你不是這樣的。」

元濱也在旁邊推了一下眼鏡，失望地開口。

「我也很想說些『了不起！這是怎麼樣！你想害我獸性大發嗎！』之類的話。無奈我最近精力衰退得很嚴重。」

「生病了？不對，應該不可能。你這個性慾的化身怎麼可能感冒。」

這番失禮的話出自元濱之口。這傢伙真的很沒禮貌。

松田似乎是想到什麼，拍了一下手說道：

「喔——是那個吧？那個『我有女朋友』的幻想對你的影響這麼大？她叫什麼來著，夕麻嗎？」

「……你們真的不記得夕麻了？」

我的話只得到兩人同情的眼神，就好像我是個可憐蟲。

「所以我們不是說過了，根本沒聽過這個人。說真的，你還是去醫院看一下比較好。對吧，元濱？」

「是啊，再問幾次也一樣，你根本沒介紹過一個名叫夕麻的女生給我們認識。」

……沒錯，只要我一提到夕麻的話題，這兩個傢伙的反應都是這樣。

一開始我還以為他們是跟我開玩笑。

不過在我認真詢問之後，才知道並非如此。

我記得自己的確向他們介紹過夕麻。他們一看見夕麻，一個說「為什麼這種美少女會想當一誠的女朋友啊啊啊啊！」、一個說「除了這個世界的系統倒轉以外沒有其他可能了……還是說一誠犯了什麼法？」等等，失禮至極。

我則是以游刃有餘的驕傲態度回應他們「你們也去交個女朋友吧」。

我對這件事的記憶十分深刻。

但是他們卻不記得了。不對，他們連夕麻這個人都不知道。

他們都說——根本沒有天野夕麻這個女生。

彷彿我和夕麻共度的時光都是假的。沒錯，套用他們的話，那只是我的「幻想」。

我的手機裡沒有她的手機號碼和E-MAIL，似乎也證實松田和元濱所言不虛。

儲存資料消失了？有人刪掉了？怎麼可能！我不可能刪，到底是誰刪的！

撥打我背起來的號碼也是空號。

她不存在？是我的幻想？怎麼會有這種傻事……

雖然我想否認，但是除了我的記憶以外，找不到任何她留下的痕跡。

仔細想想，我不知道她住哪裡。她是其他學校的學生。我從夕麻的制服找出是哪間學校，向在校生詢問有關她的消息。

但是沒有這麼一個學生。從來沒有。

那麼我到底是和誰交往？

和誰約會？

那個夢，最近一直作的那個夢，是我自己創作出來的幻想嗎？

我將夢裡的事信以為真，還告訴了松田和元濱嗎？

喂喂，難道我是神經病？

她的長相，我可是記得一清二楚耶？

……我實在無法理解。

深夜才會湧現的那股莫名力量也是一樣，有些事情不太對勁。

有些事情變得很奇怪。

面對沉思中的我，松田的手搭在我的肩上：

「哎呀，畢竟我們正值青春期，會發生這種無法理解的事也是很正常的。好，今天放學之後來我家吧。就讓我們一起欣賞我的珍藏。」

「那真是太棒了。松田同學，我們一定要找一誠同學一起鑑賞。」

「那還用說，元濱同學。我們可是以慾望為動力的高中男生喔？不做點色色的事，怎麼對得起生下我們的父母呢？」

兩人發出「呼呼呼——」的淫笑。

變態。無論從哪個角度怎麼看都是變態過頭的傢伙，然而我也屬於這個變態集團。算了。畢竟我也是個變態的男生。

「好吧！今天就不管那麼多了！拿汽水乾杯配著洋芋片，一起觀賞A片吧！」

有點自暴自棄的我也贊成了。

「喔喔！沒錯，就是這樣！這樣才是一誠！」

「就是這股氣勢。我們一起享受青春吧。」

松田和元濱顯得興高采烈。

到了這個地步，夕麻的問題暫且不管了。

偶爾要放鬆一下！至少今天讓我發洩一下鬱悶的心情，好好當個年少輕狂的男生！

就在我們三人變得更加團結的此刻。

一抹紅色映入我的視野。

鮮豔的紅色──

我從教室的窗戶看向操場。一名剛到校的女學生令我看得目不轉睛。

一頭豔紅秀髮的少女，美得不可方物。她是這所高中的偶像。修長的身形，和日本人截然不同。

那也是當然的，因為她不是日本人。聽說來自北歐。

好像是因為父親的工作之故，才來日本念高中。

沒有人不會受到她的美貌吸引，沒有人不會在瞬間對她傾心。

莉雅絲・吉蒙里。

這個學園的三年級學生。是我的學姊。

仔細一看，除了我以外，不分男女所有人都盯著她。連松田和元濱也是。

每天早上都是這樣。光是走路上學就會讓許多學生對她行注目禮。有些人停下腳步，有些人閉上嘴巴，所有人都轉頭看著她。

集全校學生視線於一身的她，任紅髮優雅地隨風搖曳。

及腰的鮮紅長髮飄散風中，讓周圍的風景也跟著鮮明起來。

和雪白的肌膚對比之下，更是相得益彰。

美。

如果要用一個字形容她，就是美。除此之外都是多餘。

我也一樣，為她的美貌和高貴的氣質著迷。

每次看見她的身影，我都會停下當時的動作，注視著她看到出神。

然而最近我的感覺有了變化。

她是很美。確實是美得過火。

但是我覺得她的美貌有些恐怖，不知不覺甚至在內心的某個角落對她感到畏懼。

我不知道為什麼會這麼想。不過我也是從夕麻消失的那一天開始才這麼覺得。

就在這時，她的視線移動了。那雙澄澈的碧眼直直朝我看過來。

——！

我瞬間陷入連心都被她奪走的感覺。

這是什麼感覺？好像被實力相差懸殊的對手盯著看……

她瞇起藍色的雙眸，嘴角微微上揚。

她是在對我微笑？

怎麼可能。我和她沒有任何交集。

正當我這麼想時，無意回想起那個夢。

夢的最後，有個一頭紅髮的人對我說話。

那個人影給我的感覺既溫柔又冷酷。

我才將學姊和那個人影聯想在一起，她已經從我的視野之中消失。

「好想摸胸部啊！」

我們抱著如此哭喊的松田，一起欣賞這次A片放映會的最後一部作品。

放學後來到松田家，我們帶著過度的興奮看起A片，但是看過一片又一片，我們的心情漸漸恢復平靜，開始認真思考「為什麼我們沒有女朋友？」這個問題，反而變得想哭。

松田從三片之前就一直哭到現在。

元濱還在裝酷，但是眼鏡下方早已熱淚盈眶。

當他三十分鐘前低聲喃喃自語「……之前有女生把我叫到體育館後面……那是我生平第一次……被人勒索……」的時候，我差點也跟著哭了。

看了A片之後反而變得憂鬱，我們三個是怎麼了。

不，其實我知道。

就是三個沒人愛的高中男生。

該死。一想到此時有其他同齡男生可以和女生難分難捨，我就不禁憎恨這個世界。

一面想著這些事，一面看完最後一片，天色已經暗了。

看向時鐘，已經是晚上十點鐘。雖然我事先聯絡家裡今天會來松田家，但是再待下去家人會擔心，對明天上學也有影響。

「好了，我們也該走了。」

聽到我說的話，所有人都在原地伸個懶腰，準備道別。

「再見啦。」

我和元濱在玄關向松田告辭，邁開步伐。

「真是個美好的夜晚。難怪我們想看A片。」

元濱仰望夜空開口。我不知道他想表達什麼，只知道他在用力嘆氣。

這也沮喪過頭了吧。

也罷，明天他們就會變回平常的元濱和松田了。

「好啦，明天見。」

「嗯，祝你有個好夢。」

我和元濱在回家的途中道別，但是他揮手的動作看起來很沒有精神。

晚點寄個MAIL幫他打氣好了。

和元濱分開之後幾分鐘。

我走在回家的路上，強忍不久之前從體內湧現的力量造成的疼痛。

就是最近「一到晚上就會湧現力量」的現象。

我的身體果然不對勁。

無論怎麼想，這個現象都不正常。我的精神開始亢奮，五感變得敏銳。

聽力、視力強到超乎尋常。周圍住家裡的人在說話我都聽得見，夜裡昏暗的馬路我也看得一清二楚。

連路燈和其他光線照不到的地方看起來都這麼清晰，未免太奇怪了！

而且我覺得這種現象一天比一天嚴重。

不，這應該不是我神經過敏。

因為我真的感覺到一股寒意竄過全身！

我從剛才就覺得有人在看我，還有一陣針對我的冰冷氣息。

眼前瀰漫在馬路另一頭的不明空氣飄了過來。

我抖個不停，身體不住打顫。

有人！有個身穿西裝的男人瞪著我，惡狠狠地瞪著我。

光是和他四目對望，就讓我感覺到徹骨的冰冷。

這就是所謂的殺意吧？

我知道敵意是什麼感覺，但是他給我的感覺更加危險。這果然是殺意吧！

那個人靜靜走過來。而且是朝我走來！果然是針對我嗎！

變態？危險分子？不太妙吧！

肯定不妙！因為我從剛才就一直抖個不停！

怎麼會在回家路上遇見危險分子啊！

「命運真是奇妙。這裡又不是市中心，竟然會在路上遇到你這樣的存在。」

…………？

他在說什麼？

不不不，大概只要腦袋有問題的人都會說這種話吧。

果然是個危險分子嗎！

哇啊！他如果亮刀子我該怎麼辦！

我又沒學過護身的格鬥技，而且從來沒打過架！

對、對了！

我的能力在晚上會變強！就是這招！只有用這招落跑了！

我向後退，拉開距離。

那個全身散發變態氣息的男人快步朝我走來：

「想逃嗎？主人是誰？會拿這種遠離市中心的地方當地盤，不是階級不高，就是喜好異常吧。你的主人是誰？」

我聽不懂你在說什麼！

啪！

我轉身拔腿就沿原路往回跑。全力衝刺。

好快！超快的！雖然自己說這種話很奇怪，可是我在晚上的腳程果然快到異常。

我穿過深沉的夜色，只顧著逃跑。

途中轉了幾個彎，在陌生的街上奔跑。

呼吸很順暢，還可以跑，既然如此，就多跑一段距離讓他追不上吧！

我跑了約十五分鐘，來到一片開闊的土地。

——這裡是公園。

我暫且放慢腳步，改為步行。

為了調整呼吸，我一路走到噴水池附近。

我在公園的路燈下環顧四周，一股奇妙的壓力抓住我。

——我認得這裡。

我認得這個公園……

沒錯，這裡就是在夢中——我和夕麻的約會最後來到的地方！

喂喂，這該算是巧合，還是奇蹟嗎？

不，難道是我在無意識之間跑來這裡？不會吧……

抖。

一股寒意竄過我的背脊。

背後有東西……我有這種感覺。

我緩緩轉頭，眼前飄過黑色的羽毛。

是烏鴉的羽毛嗎？不對。

「你以為自己逃得了嗎？下級的存在就是這點令人傷腦筋。」

我面前有個長出黑色羽翼的西裝男。

是剛才那個變態。

……天使？不不，再怎麼說也太過奇幻了！

COSPLAY？是的話也太講究了。是、是真的？怎麼可能！

「快告訴我你的主人叫什麼名字。要是在這種地方被你們妨礙，我們也很頭痛。我們也有我們的顧慮……難道你是『離群』？瞧你一臉困惑，如果沒有主人就說得通了。」

那個變態好像在碎碎唸些什麼。不要自言自語還自己做出結論好嗎！

在如此緊張的情況下，我卻不經意想起夢中發生的事。

那個約會的夢。在最後關頭，我就是在這個公園的噴水池前面被夕麻殺死。

沒錯，就是長出黑色羽翼的夕麻。

然後我眼前是長著黑色羽翼的大哥……夢境成真了？

喂喂喂，我夢到的是美少女不是男人喔！

不對！重點是照這樣發展下去就糟了！

在那個夢裡，之後我會——

「嗯。感覺不到你的主人和同伴的氣息，也不見你有消失的打算，更沒有展開魔方陣。根據這些狀況分析，你果然是『離群』。那就表示殺了你也不會有問題。」

男子口中說出駭人聽聞的話語，並且舉起手來。

那隻手怎麼看都是對準我！

耳鳴！我記得這個現象。

類似光的東西聚集在那個人的手上。這、這種奇幻小說情節在夢裡出現就夠了！

光逐漸形成類似長槍的東西。

長槍——

還真的是長槍！

我在夢裡就是腹部被那種長槍刺穿，才會釀成悲劇！

——會被殺死！

我才剛這麼想，長槍已經貫穿我的腹部。有東西從肚子裡翻騰上來。

「咳！」

我的嘴巴吐出大量的血。隨即感到一陣劇痛。

痛、超痛的————！

我當場雙膝跪地。感覺肚子傳來一陣有如燒灼的痛楚。

那種痛楚朝全身擴散，令我無法忍受。

這……已經超越劇痛的等級了！

我想拔出長槍，可是手一碰到便很痛。好燙。燙得誇張，碰到長槍的皮膚還燙傷了。

「咕……啊啊啊啊……」

我忍不住呻吟。好痛。真的有夠痛！

光是用手碰到都這樣，刺穿我的長槍豈不是把我肚子裡的東西都燒焦了？

一想到這裡，感覺傷口好像更痛了。用烙鐵在肚子裡亂燒大概就是這種感覺吧？

實在是太痛了，我不禁淚流不止。

「叩、叩、叩！」一陣皮鞋腳步聲朝我接近。

我抬頭一看，那個男人手上又冒出一把光之長槍。

「很痛吧？因為光對你們而言是劇毒嘛。一旦進入你們的身體就會造成嚴重的傷害。我原本以為不必用太強的光製造長槍就能殺死你，沒想到你挺強壯的。那麼我就再補一下吧。這次我會多用點光之力，這下子再怎麼強壯也該完蛋了。」

想補上最後一擊嗎！再受到這種攻擊就死定了！

如此心想的我，無意間又回憶起夢中的後續發展。

紅色。

那抹鮮紅救了我……

怎麼可能。那是夢。可是這會不會也是夢？

如果是夢就來救我吧。就算是作夢，我也不想面對這種狀況！

咻！

才剛聽見風切聲，我的眼前便爆炸了。

定睛一看，那個男人手上冒著煙，而且還流出鮮血。

「不要碰他。」

一個女人從我身邊走過。

一頭紅髮。即使只看見背影，我也立刻理解這是怎麼回事。

她就是我在夢裡見過的那個人——

在夢中沒看見她的長相，然而我確定就是這個人。

「……紅髮……是吉蒙里家的人嗎……」

男子忿忿地瞪視紅髮女子。

「我是莉雅絲・吉蒙里。你好啊，墮落的天使先生。如果你想繼續對那個人出手，我可不會饒過你喔。」

莉雅絲・吉蒙里。

沒錯，就是和我同校的學姊，就是那名紅髮美女。

「……哼哼。原來他是妳的眷屬啊。也就是說這個地方是妳的地盤囉。也罷，今天的事我道歉吧。不過妳要記住，別再放任妳的僕役到處亂跑。說不定又會有像我這種人在散步時順手殺掉他喔？」

「你的忠告我會銘記在心。這個地方是屬於我的管轄。如果再來礙事，到時候我可不會手下留情。」

「這句話我就原封不動奉還吧，吉蒙里家的繼任宗主。我叫多納席克。希望我們不會再見面了。」

男子拍動黑色的羽翼，飄浮的身體朝空中飛去。

飛到空中之後回頭瞪了我和莉雅絲學姊一眼，便消失在夜空之中。

……危機解除了？

稍微放鬆的我意識開始遠離，視線模糊。

哎呀？不妙？這樣不太妙吧？

「哎呀，昏過去了？這個傷勢的確有些危險。沒辦法，你家──」

學姊在我躺下時對我開口，但是我已經聽不見了。

我就這麼失去意識。

──○●○──

『……再不起床，我要殺掉你……再不起床，我要肢解你。』

當我再次睜開眼睛，眼前是一如往常的早晨。

這是怎麼回事？

……我又作了一個討厭的夢嗎？

那應該是夢吧？可是也太真實了。

不過我現在好端端地待在房裡。而且睡在床上。

被病嬌鬧鐘叫醒的我，看來又作了一場夢。

這次夢到的不是夕麻，而是來路不明的男人追殺我。不過一樣長了黑色羽翼。

我搖搖頭。

振作一點。為什麼每天早上都會作這種怪夢？

還記得我昨天照常上學，過了和平常沒什麼兩樣的一天，放學之後和松田、元濱到松田家去舉辦A片放映會。

然後我就回家了。至於在回家路上被長有羽翼的變態攻擊這種事——

我突然察覺自己不太一樣。

——赤裸。

身上沒有任何衣物。

怎麼會這樣？連內褲都沒穿！

我竟然光溜溜的！

我不記得了。不記得自己有回家。難道年紀輕輕就已經開始癡呆了嗎？

再說我沒有裸睡的習慣。

「……嗯嗯。」

！

好像有個很引人遐想的聲音。

我戰戰兢兢地將視線移向身邊。

「……嘶——嘶——」

一名發出打呼聲的紅髮女孩就睡在我身旁。

而且也是赤身裸體……像雪一樣白的膚色看起來如此耀眼。

肌膚似乎非常滑嫩，感覺對眼睛不太好。

…………

怎麼看都是學姊，是我們學園的偶像。散亂在枕頭上的紅髮十分漂亮。

莉雅絲．吉蒙里學姊。

…………

嗯？嗯嗯？

冷靜一點。對了，這個時候要數質數。

二、三、五、七、十一、十三、十七、十九、二十三……

啊啊——！

不行！我冷靜不下來————！

為什麼我會和莉雅絲學姊同床共枕？

發生什麼事了！到底發生什麼事了！

不對，我做了什麼！我有做什麼嗎！

不記得了！我完全不記得啊！

怎麼會這樣！該記的事應該要記好啊！哎呀不對！事情怎麼會變成這樣！

我和學姊做過了嗎！

咦？我的初體驗就這樣沒了？

怎麼會！怎麼可能！

快想起來！這麼貴重的場景一定要回想起來！

我做了什麼！達成什麼成就！

「一誠！快起床！該上學了吧！」

就在我腦中一團混亂，幾乎快要發瘋之時，被人補上一記追擊。

「老婆，一誠在房間裡嗎？」

「老公，他的鞋子擺在玄關，應該回家了。真是夠了！竟然在朋友家玩到半夜才回來！這樣還敢遲到，我可饒不了你！」

父母談話聲從一樓傳來。

接著是爬樓梯的聲音。腳步聲當中帶著怒氣，乒乒乓乓踏得很用力。

媽媽要來了！

等等！等一下！

這種情況、這種狀態非常糟糕！

「等一下！我已經起床了！我馬上起床！」

「不管！這次我絕對不會原諒你！我有話要跟你說！」

母親大人生氣了！

來了！媽媽要進房間了！

絕對不能讓她看見這個狀態！

「嗯——……天亮了？」

！

睡眼惺忪的學姊在我身邊揉眼睛！

醒了！她醒來了！

喀嚓！

我的房門猛然打開。同時學姊也坐起身來。

我和媽媽的視線對上了。她看起來相當生氣，臉上寫著憤怒。

「早安。」

學姊嫣然一笑，向媽媽打聲招呼。

媽媽的視線從我轉到學姊身上。

媽媽的表情瞬間凍結，只有視線再次回到我身上。

我避開她的視線。

「……準備、上學、動作快。」

像個機器人一般說完，媽媽悄悄關上房門。

隔了一拍之後，腳步聲又乒乒乓乓衝下樓。

「老、老、老、老、老、老老老老老！老公！」

「老婆怎麼了？臉色那麼難看。一誠又一大早就一個人做些色色的事嗎？」

「SSSSSSSS、S〇X！一誠他——————！和、和外國人——————！」

「老、老婆！妳怎麼啦老婆？」

「國際交流——————！一誠他啊啊啊啊！」

「老婆？老婆？冷靜一點！老婆——————！」

我只能雙手掩面。

樓下是什麼狀況，可想而知。

怎麼會這樣？這下子肯定要召開家庭會議了！

我要怎麼找藉口解釋這個狀況！

「一大早就這麼熱鬧，真是有活力的一家。」

學姊輕輕鑽出被窩，拿起放在我桌上的制服。

裸體的學姊。美少女的裸體。

……我、我看見很多地方了……

纖細的腰、白皙修長的腳、大腿、形狀姣好的臀部。

還有相當豐滿的胸部……

連、連胸部前端都看得一清二楚！

不遮一下嗎！連遮都不打算遮嗎！

如果我有元濱的三圍探測器能力，一定可以瞬間將其數值化。

現在的我為了沒有這種能力感到懊悔。

但是有一件事我可以肯定。我長到這麼大，看了那麼多色情書刊與A片，沒有女生的裸體比學姊更美。

該怎麼形容，藝術？嗯，因為她的身材幾乎沒有多餘之處。就像美術課本裡面的名畫、雕像一樣。

完美。美女脫光還是很犀利。這句話就能說明一切。

但是要我一直盯著看，我也會不好意思。

沒辦法貫徹變態的立場直到最後。

「學、學姊！」

我忍不住出聲。

「怎麼了？」

「胸、胸部……還有其他地方，都走光了！」

我一邊轉頭一邊開口。雖然很想繼續看，但這又是另外一個問題。現在我得忍耐。

「想看就看吧。」

正在穿衣服的學姊說得直接了當，臉上還掛著微笑。

——！

日、日文裡面有這句話嗎？

一道電流閃過！

在學校絕對學不到的美好詞彙，令我淚流滿面。

我為了美麗的日文感動！

學姊問道：

「你的肚子還好吧？」

肚子？

我看著正在穿衣服的學姊，同時摸摸自己的肚子。

「昨天被刺了一下啊。」

！

這句話讓我瞬間清醒過來。

……對了，我昨天在公園被一個長有羽翼的男人刺穿肚子。

被一把疑似是用光凝聚的長槍攻擊。

可是我的肚子沒有類似的傷痕。應該開了一個洞才對……那麼嚴重的傷怎麼可能一天痊癒。而且還流了這麼多血。

那不是夢？卻又是夢？

「對了，昨天發生的事並不是夢。」

……像是看穿我在想什麼的學姊如此說道。

「那、那我應該受傷了……」

「我幫你治好了。雖然是致命傷，不過你的身體出乎意料地強壯，所以憑我的力量也只要一個晚上就能治癒。對了，治療方式是裸體互擁，讓我將魔力分給虛弱的你。這是你我同

為眷屬才能使用的方式。」

她……她在說什麼？

嗯？裸體互擁？

…………

咦咦咦咦咦咦咦咦咦咦咦咦咦咦咦咦咦！

果然是這麼回事嗎！

「放心吧，我還是處女。」

學姊好像又看穿我的心思。

喔，這樣啊。不知為何我放心了。

不對，就這麼放心好嗎？

「不用露出一臉感到奇怪的表情。這個世界上奇妙的事，比你以為的還要多喔？」

只穿著內衣的學姊突然靠近，用纖細的指尖滑過我的臉頰。

我不禁滿臉通紅。那是當然，有個只穿內衣的美女做出這種事，任誰都會臉紅吧。

「我是莉雅絲・吉蒙里。是個惡魔。」

——惡魔？

咦？開玩笑的？認真的？我不太確定。

「同時也是你的主人。請多指教，兵藤一誠同學。我可以叫你一誠嗎？」

只知道她微笑之中的魔力是真的。

「我要開動了。」

敬啟，天上的爺爺。

有個漂亮女生坐在我旁邊小口喝著我們家的味噌湯。

「真是好喝，媽媽。」

「是、是啊。真、真是感謝妳的稱讚。」

父親大人及母親大人坐在我眼前，臉上帶著筆墨難以形容的複雜表情。

爺爺，面對這種狀況，早上看見這種情景，我該如何是好？

我還是第一次在這種狀況吃早餐，不知道該如何應對。

「一誠，媽媽特地做了早餐，快吃吧。」

學姊優雅地開口，舉手投足就像我的姊姊。

「是、是的！」

我立刻回答，開始猛扒飯菜。

「不可以吃得這麼難看。應該要細嚼慢嚥，好好品味。媽媽做的早餐，可是無可替代的珍寶喔？」

學姊拿出自己的手帕為我擦拭嘴角。

現在是怎麼樣？這是什麼狀況？

「一、一誠……」

爸爸戰戰兢兢地叫出我的名字。

你也太大驚小怪了，爸爸。其實我也是。

「這、這位小姐，是、是哪一位？」

聽見這句話，學姊停下筷子，深深低頭：

「……原來我還沒自我介紹……真是的，竟然會做出這麼失禮的事，實在愧對吉蒙里家的名聲。正式向兩位請安。爸爸、媽媽，我名叫莉雅絲·吉蒙里。和兵藤一誠就讀同一所學校。今後還請多多關照。」

學姊嫣然一笑。看見她的微笑，爸爸的態度也為之軟化：

「這、這樣啊……哎、哎呀，真拿妳沒辦法，哈哈哈！妳是外國人啊？日、日文說得真好啊。」

「是的。因為父親的工作，我在日本待了很久。」

喔喔。爸爸被攻陷了。

但是坐在他身旁的媽媽似乎無法接受。

「莉雅絲……小姐，對吧？」

「是的，媽媽。」

「妳和一誠是什麼關係？」

——

好個單純易懂，又足以簡潔問出早上那個狀況的問題。

面對媽媽的咄咄逼人，學姊卻還是維持原本的微笑：

「是交情很好的學姊和學弟，媽媽。」

「妳說謊！」

媽媽立刻加以否定。

那是當然的，學姊。這是沒辦法的事，那種狀況用這種說法根本行不通！

「你、你、你你你你你你你們！明明在床上！」

「是一誠說晚上會作惡夢，所以我才和他一起睡。」

「一起睡？可是你們兩個都是裸、裸體耶！」

「是啊，最近流行這樣一起睡喔，媽媽。」

還有這種說法啊。太誇張了，學姊。

但是媽媽聞言突然安靜下來。

「這、這樣啊……最近流行那樣一起睡啊？」

母親大人！您就這樣相信了！這樣好嗎！

此時我察覺到媽媽的眼神不太對勁。感覺像是被什麼附身了，空洞無神。

學姊在我耳邊說道：

「……抱歉。感覺事情會變得有點複雜，所以我用了力量。」

力量？

我忽然想起學姊剛才說過的話。

——是個惡魔。

……惡魔。那麼這個現象也是惡魔的力量造成的？

學姊繼續吃早餐。仔細一看，爸爸的眼神也不知不覺變得空洞。

學姊也對他用了力量嗎……？

惡魔。

這是怎麼回事啊。

上學的早晨。

我朝著學校前進，但是打從剛才同校學生就一直用不可置信的眼神看著我。
這也難怪。
因為學園的偶像，吉蒙里學姊就走在我身旁。
我當然也不是只顧著走路，而是拿著學姊的書包，像個跟班一樣前進。
「為什麼那個傢伙可以……」
「莉雅絲姊姊竟然和那種低級的男人……」
四面八方傳來不分男女的哀號。
甚至還有學生嚇到暈倒。
有這麼誇張嗎！我和學姊走在一起有這麼不應該嗎！
我和學姊走進校門，在學校的玄關道別。
「晚一點我會派人過去。放學後再見。」
學姊笑著開口。

派人過來？什麼意思？

雖然不太清楚，我還是一路走向教室。

打開門的瞬間，就有無數好奇的眼神射來。

也、也是，和莉雅絲學姊走在一起會有這種待遇是很正常的。

叩！

有人揍我的後腦勺。我轉頭一看，是松田。元濱也在旁邊。

「這是怎麼樣！」

松田一邊流淚一邊大叫。從這副模樣看來，我已經猜得到他下一句要說什麼了。

「昨天你還是我們沒人愛同盟的夥伴不是嗎！」

「一誠，總之你先說出原因吧。我們解散之後發生了什麼事？」

元濱和大吼大叫的松田相反，冷靜地推推眼鏡，視線卻很尖銳。你們兩個很恐怖耶。

但是我故意對他們露出笑容，然後用力說道：

「你們看過真正的胸部嗎？」

兩個損友因為這句話受到震撼。

—○●○—

放學後。

「喲。你好。」

我瞇著眼睛，看著眼前這個來找我的男生。

站在我面前的人是這所學校排名第一的型男王子，木場祐斗。

他以爽朗的微笑擄獲無數女學生的芳心，而且和我同年級，不過不同班。

走廊、教室，到處都有女生對木場發出歡欣的尖叫聲。煩死了！超煩的！

「話說你找我有什麼事？」

儘管我的語氣意興闌珊，木場依然保持微笑回應：

「是莉雅絲．吉蒙里學姊派我來的。」

——！

這句話足以說明一切。

原來他就是學姊派來的人。

「……ＯＫＯＫ。所以呢？我該怎麼做？」

「請跟我來。」

不要——！

這次女生發出慘叫聲。

「木、木場同學怎麼可以和兵藤走在一起！」

「你會被玷污的，木場同學！」

「我絕對不容許木場同學×兵藤這種配對出現！」

「不對，說不定是兵藤×木場同學！」

她們說了一堆莫名其妙的話。

煩死了。真的有夠煩的。

「啊——我知道了。」

我決定聽從他的話。

但是話說在前頭，我最討厭型男。

木場往前走，我跟了上去。

「喂、喂，一誠！」

松田叫住我。

「別擔心，吾友。我不是要去決鬥。」

沒錯，不需要擔心，好朋友。

「這個！『我和痴漢偶爾還有烏龍麵』怎麼辦！」

松田邊說邊舉起A片。

我抬頭看向天空。

我跟在木場後面，朝校舍後面走去。

這裡有棟包圍在林木之中的建築物，我們叫這裡舊校舍，現在已經無人使用。

舊校舍是這所學園以前的校舍，但是現在沒有人會來這裡，感覺相當陰森，甚至已有相關的學園七大不思議四處流傳。

不過雖然是木造建築外觀又很老舊，窗戶的玻璃卻很完整，乍看之下也沒什麼顯眼的損壞之處。

老舊歸老舊，還不算破爛。

「社長在這裡。」

木場如此說道。

社長？

是在說學姊吧。嗯？社長？

學姊有參加社團？木場也是那個社團的社員？

事情越來越神秘了。算了，反正跟著這個傢伙走就能見到學姊。

我們走在木造兩層建築的校舍裡，上了樓梯。到了二樓一路走到底。

走廊也很乾淨。閒置沒用的教室看起來也一塵不染。

老舊建築物經常會有一層又一層的蜘蛛網和厚厚的灰塵，但是到目前為止都沒看見。

這表示這裡有人打掃嗎？

走著走著，我們似乎抵達目的地。木場的腳步在某間教室前停下。

看見掛在門上的牌子，我嚇了一跳。

「神祕學研究社」

神祕學研究社？

光是看見社團名稱就讓我忍不住偏著頭。不，我不是對神祕學研究社有意見。

而是莉雅絲．吉蒙里學姊那種人竟然加入神祕學研究社……

「社長，我把人帶來了。」

木場在開門之前先行報告，裡面傳出學姊的聲音：「好，進來吧。」

看來學姊就在裡面。

木場拉開門，我跟在他身後走進室內，隨即被裡面的狀況嚇了一跳。

室內每個角落都寫滿謎樣文字。

是一種從沒見過的奇妙文字，在地板、牆壁，甚至天花板都有。

最特別的是中央的圓陣。

圓陣占據教室大半的面積，看起來像個巨大的魔方陣。

詭譎與異樣的感覺幾近滿分。

其他只有幾張沙發和辦公桌。

嗯？有人坐在沙發上。是個身材嬌小的女生……

我認得她。我認得那個女生！

她是一年級的塔城小貓！

蘿莉長相、身材嬌小，乍看之下根本就是小學生的本校高一生！

有些男同學非常喜歡她，女同學也覺得她很可愛，算得上我們學校的吉祥物。

她默默吃著羊羹，任何時候看到她都是這副想睡的表情。

這麼說來，聽說她是個表情變化極少的女孩子。

她好像發現我了，眼神和我對上。

「這位是兵藤一誠。」

木場向她介紹我。塔城小貓對我點點頭。

「啊，妳好。」

我也跟著點頭。看見我點頭回禮，她又默默吃起羊羹。

嗯——看來傳聞說得沒錯，她真的不太講話。

嘩——

房間最裡面的地方傳出水聲。這是在淋浴？

仔細一看，裡面有個角落掛著浴簾。浴簾上有陰影。

是女性的身影。有個女人在淋浴。

等等，淋浴？附設淋浴設備？

有社辦附設淋浴設備嗎？

啾。

關水的聲音。

「社長，請用。」

嗯？簾子後面還有另一個人？

我聽見另外一個女性的聲音，不是社長。

「謝謝妳，朱乃。」

學姊好像在浴簾後面穿衣服。

這讓我想起早上那一幕，不由得有點難為情。

學姊，妳的身體美極了。看來那方面有一陣子不用擔心了。

「……下流的表情。」

好像有人在喃喃說些什麼。聲音是從塔城小貓那邊傳來。

我朝那個方向看去，只看見嬌小的高一生在吃羊羹。

……是嗎，原來我的下流全都寫在臉上啊？那還真是抱歉。

唰——

浴簾拉開。穿好制服的學姊現身。

依然濡濕的紅髮相當引人遐想。

學姊一看見我便露出微笑：

「抱歉。因為我昨晚在一誠家過夜，沒有洗澡，現在才淋浴。」

啊——原來如此。

不對，我比較在意的是社辦裡有淋浴設備這件事。

我將視線移到學姊身後。

另一個人也是女性……等等，真的嗎！

我嚇到說不出話來。

黑髮馬尾！瀕臨絕種的馬尾！那不是這所學園裡最後一個馬尾妹嗎！

隨時掛著笑容！散發日本風味的舉手投足！以高中女生的身體具體呈現大和撫子形象，本校的偶像之一，姬島朱乃學姊！

與莉雅絲學姊並稱「兩位大姊姊」的風雲人物！

男生女生共同的崇拜目標！

「哎呀呀。幸會，我是姬島朱乃。今後請多關照。」

學姊帶著笑容有禮貌地向我打招呼，就連聲音都如此令人陶醉。

「妳、妳好。我是兵藤一誠。我、我才要請妳多多關照！」

我也緊張地向她打招呼。

莉雅絲學姊確認我們認識彼此之後，點頭「嗯。」了一聲。

「這樣就全部到齊了。兵藤一誠同學。不，一誠。」

「是、是的。」

「我們神祕學研究社歡迎你加入。」

「咦、喔喔、好。」

「歡迎加入惡魔的行列。」

——看來會發生什麼事喔，爸爸媽媽。

「只是粗茶。」

「啊、謝謝。」

姬島朱乃學姊泡了杯茶，端給坐在沙發上的我。

我喝了一口。

「好喝。」

「哎呀呀。謝謝。」

姬島學姊笑了，看起來很高興。

我、木場、塔城小貓、莉雅絲學姊圍著桌子坐在沙發上。

「朱乃，妳也來這邊坐。」

「是的，社長。」

姬島學姊也在莉雅絲學姊身旁坐下。

所有人的視線都集中在我身上。

這、這是什麼情況……大家坐在一起，視線全部集中在我身上，會讓我緊張……

莉雅絲學姊於是開口：

「我就開門見山說了。我們都是惡魔。」

——還、還真是開門見山。

「瞧你一臉無法置信的樣子。沒辦法，這不能怪你。可是你昨晚也看見那個黑色羽翼的男人了吧？」

的確。

如果那不是在作夢，我確實是看見了。

「那是墮天使。他們原本是侍奉神的天使，但是動了罪惡的情感，因而墮落地獄。也是我們惡魔的敵人。」

接著是墮天使嗎？

還真是奇幻至極了。

「我們惡魔和墮天使之間從太古時代便不停爭戰。為了稱霸冥界——也就是人類所說的『地獄』。地獄分成兩邊，惡魔的領土，和墮天使的領土。惡魔和人類訂定契約索取代價，藉以積蓄力量。墮天使則是操控人類試圖消滅惡魔。再加上第三勢力，也就是奉神的命令、與惡魔與墮天使為敵的天使。這樣的三方競爭從遠古一直持續到現在。」

「不不不，學姊。再怎麼說，這對我一介平凡的高中男生來說難度都太高了。咦？還是說這就是神祕學研究社的活動？」

現在聊的是神祕學研究社的議題還是什麼嗎？

「神祕學研究社只是為了掩人耳目，是我的興趣。其實就是我們惡魔聚集的組織。」

……不不不，這是神祕學研究社在聊的話題吧。

「——天野夕麻。」

聽見這四個字，我忍不住瞪大雙眼。

她是從哪裡聽來的？

「那天你是和天野夕麻約會對吧？」

「……學姊如果是在開玩笑，麻煩到此結束。說真的，我不想在這種狀況聊那件事。」

我的聲音不知何時帶著怒氣。

這件事、這個話題，對我而言是個不能觸碰的禁忌。

我提起這件事時沒有人相信，也沒有人記得。

沒有人記得她。

大家都說我在作夢，是我的幻覺。沒有任何人相信，而且她也真的不存在。

我不知道她是從哪裡聽說這件事，但是把這個當成神祕學事件來聊我會很傷腦筋。

應該說我會生氣。

「她確實存在過。無庸置疑。」

莉雅絲學姊語氣堅定地開口。

「不過她很仔細地將自己曾經存在於你身邊的證據清理乾淨。」

莉雅絲學姊彈了一下手指，姬島學姊便從懷中拿出一張照片。

看到照片上的人，我啞口無言。

「是她沒錯吧？天野夕麻。」

沒錯，照片上的人，正是我遍尋不著的女朋友。

之前我拿手機拍的照片不復存在，如今她的身影清楚地出現在眼前的照片上。

而且照片裡的夕麻背上長著黑色羽翼。

「這個女孩……不，她也是墮天使。和昨天晚上攻擊你的那個是同樣存在。」

……墮天使？夕麻是墮天使？

莉雅絲學姊繼續說道：

「這個墮天使是為了某個目的接觸你。然後因為達成那個目的，她才會將你身邊關於自己的記憶和紀錄清除。」

「目的？」

「沒錯，就是為了殺死你。」

——！

這是什麼話！

「為、為什麼我會碰上這種事！」

「冷靜一點，一誠。這也是無可奈何的事……不，應該說你運氣不好。因為持有者並不見得都會被殺……」

「說什麼運氣不好！」

那麼我那天會被夕麻殺死，只是因為運氣不好嗎！

……嗯？

被殺死？不對，我還活著。我現在不是好端端地活著嗎？

「那天你和她出去約會，最後在那個公園被光之長槍殺了。」

「可是我還活著！再說為什麼她會想要我的命！」

沒錯。他們沒有理由要我的命。

憑什麼我要被墮天使什麼的給盯上！

「她之所以接近你，是為了調查你身上是否有某種危險的東西。大概是因為反應不太明顯吧，所以才會花那麼多時間慢慢調查。於是她確定了。你身上確實寄宿著神器(sacred gear)——」

神器（sacred gear）——

我聽過這個詞。

——抱歉囉。你對我們而言是個危險因子，必須趁早收拾才行。要恨就恨讓神器（sacred gear）寄宿在你身上的神吧。

當時夕麻的確是這麼說。

我身上有他們說的神器（sacred gear）……？

木場也開口：

「所謂的神器（sacred gear），是指寄宿在特定人類身上的超乎尋常的力量。據說歷史上許多知名人物都是神器（sacred gear）的持有者，是藉由神器（sacred gear）的力量才得以留名青史。」

「現在仍然有許多體內寄宿著神器（sacred gear）的人喔。世界上不是有許多國際知名的人士嗎？他們多半也都是身上帶有神器（sacred gear）的人。」

姬島學姊也在木場之後補充說明。

然後莉雅絲學姊繼續說道：

「大部分的神器（sacred gear）具備的功能，能夠影響的頂多只有人類社會的程度。然而其中也有力量足以威脅我們惡魔和墮天使的神器（sacred gear）。一誠，你將手向上高舉。」

咦？手向上高舉？為什麼？

「別想那麼多，快點。」

莉雅絲學姊出聲催促。

於是我將左手向上舉起。

「閉上眼睛，在心裡想像你心目中覺得最強的事物。」

「最、最強的事物……大、大概是『七龍堂』的空孫悟吧……」

「那就想著他，想像他看起來最強的姿態。」

「…………」

我在心裡想像悟打出神龍氣功的姿態。

呃、這樣就可以了嗎？

「慢慢放下手臂，原地起立。」

我放下手，從沙發站了起來。

「然後模仿那個人看起來最強的姿態。要認真模仿喔？隨便比劃是沒用的。」

這是怎麼樣。

這麼大了還得在眾目睽睽之下擺出神龍氣功的架式嗎？

太丟臉了吧！

就算我閉著眼睛看不到，也沒有人可以保證他們看了不會笑我！

「好了，動作快。」

莉雅絲學姊再次催促我。

喂——————！真的假的！還真的非做不可！

該死！那麼你們看好了！這就是兵藤一誠畢生最完美的神龍氣功！

「神龍氣功！」

我張開雙手靠在一起，向前推出的同時大聲吆喝。這就是神龍氣功的姿勢。

「好，睜開眼睛。在這個盪漾魔力的空間裡，這麼做應該能夠很容易讓神器(sacred gear)顯現。」

我遵照學姊的吩咐睜開眼睛。

炯！

我的左臂發出光芒。

什麼——————！

這是什麼！這是什麼！

我能發出神龍氣功嗎？

光芒逐漸凝聚成型，圍繞我的左手。

最後光芒褪去，我的左手多了一個赭紅色、看似手甲的東西

手甲的裝飾相當精緻，看起來感覺很像華麗版的COSPLAY道具。

手背鑲了一顆圓型寶石，還是該說是寶玉？

「這、這是什麼啊啊啊啊啊啊！」

驚訝的我忍不住大叫。

那還用說！這是什麼！原本以為自己發出神龍氣功，結果手上冒出一個好像變身英雄道具的東西！

哇啊、這到底是什麼！

「那就是屬於你的神器(sacred gear)。只要確實顯現過一次，之後你就能夠憑著自己的意志在任何地方發動。」

——

這、這個赭紅色手甲就是神器(sacred gear)……？

咦咦咦咦咦咦咦……

我還是不敢相信。發個神龍氣功，我……就……

「就是因為他們認為那個神器(sacred gear)太危險，你才會被墮天使——天野夕麻殺死。」

……夕麻、這個神器，都是真的。

那麼我被殺死也是事實……？

為什麼我還活著？

「你在瀕死之際呼喚我。透過這張紙召喚我。」

莉雅絲學姊拿出一張傳單。

我隱約記得那張傳單。

約會那天，我在等夕麻時有個發傳單的人拿了一樣的東西給我。

『實現你的願望！』

上面打著斗大的廣告詞，還畫了奇妙的魔方陣。

這麼說來，傳單上的魔方陣和地板上的巨大魔方陣一模一樣。

「這是我們發的傳單。上面的魔方陣是用來召喚我們惡魔。最近沒有人會特地畫魔方陣來召喚惡魔，所以我們像這樣印成傳單，發給可能召喚惡魔的人類。是種經濟實惠的簡易版魔方陣。那天我們派出去的使魔喬裝的人類剛好在鬧區發傳單，碰巧發到一誠手上。然後一誠遭受墮天使攻擊瀕臨死亡時呼喚我。一定是因為你的意念強到足以呼喚我吧。平常應該是呼叫出朱乃他們這些眷屬。」

那時的我被光之長槍貫穿……一心這麼想。

手上沾滿鮮血時，我想到紅色。

我強烈想要那個紅髮女孩，莉雅絲．吉蒙里。

對了，那麼那個夢——不，那起事件最後現身的紅髮人果然是學姊。

「我受到召喚來到現場，一看就知道你是被墮天使殺害的神器(sacred gear)持有者。不過接下來才是問題，一誠當時已經快死了。被墮天使的光之長槍貫穿身體，即使不是惡魔的人類也會當場死亡。一誠當時就是這樣，所以我選擇救你一命。」

救我一命？

這麼說來是學姊救了我？

所以我現在才會活著？

「讓你變成惡魔——一誠，你已經轉世成為我，莉雅絲・吉蒙里的眷屬了。成為我的惡魔僕人。」

啪！

這個瞬間，除了我以外的人背上都長出翅膀。

不同於墮天使的黑色羽翼，是類似蝙蝠的翅膀。

啪。

我的背上也有某種觸感。

我看向背後，發現自己背上也長出黑色的翅膀。

……真的假的。

我是、惡魔？不是人類了？

「我們重新自我介紹吧。祐斗。」

聽到莉雅絲學姊叫他的名字，木場便對我投以微笑：

「我是木場祐斗。和兵藤一誠同學一樣是二年級，你應該知道吧。還有我也是惡魔。請多指教。」

「……一年級……塔城小貓。請多指教……我是惡魔。」

塔城小貓輕輕點頭。

「我是三年級的姬島朱乃。原則上也兼任神祕學研究社的副社長。今後還請多多指教。別看我這樣，我也是惡魔喔。呵呵呵。」

姬島學姊謙和有禮地深深鞠躬。

最後是莉雅絲學姊。她甩著一頭紅髮，落落大方地說道：

「然後我是她們的主人，也是惡魔家系吉蒙里家的莉雅絲．吉蒙里。家族爵位是公爵。請多指教，一誠。」

看來我好像遇上非常不得了的狀況。

Life.2 化身惡魔。

「嗚喔喔喔喔喔喔喔喔喔喔喔喔喔喔喔喔喔喔喔喔喔！」

我在深夜裡全力踩著腳踏車。

理由很簡單。

我在發傳單。那個簡易版魔方陣。

召喚機制也很簡單，只要有欲望的人拿著這張傳單許願，我們惡魔就會瞬間登場。

我看向手上的行動裝置。螢幕顯示出附近的街區地圖，地圖上有正在閃爍的紅點。

我朝著紅點的方向拚命騎車。

抵達紅點閃爍的地方，也就是某戶人家，把傳單塞進信箱。

然後再往附近的閃爍紅點移動。

一直重複這樣的動作。

總之就是一直重複。

「該死——————！沒辦法！我也沒辦法！誰叫我是惡魔——！」

我一面怒吼，一面專心猛踩腳踏車踏板。

時間回到那一天，也就是發現自己是惡魔的日子。

同時也是我知道自己是神器(sacred gear)持有者、夕麻是墮天使、莉雅絲學姊是惡魔的日子。

對了，我在之後立刻收起自己的惡魔翅膀。因為那在日常生活只會礙事。

聽說習慣之後還可以飛。不過拍動翅膀這種新體驗實在有點噁心……

畢竟背上長出翅膀，對我造成不小的打擊。

「在我的手下做事，你的新生活應該也會變得多采多姿吧？」

正當我因為自己變成惡魔感到煩惱時，莉雅絲學姊對我眨眨眼睛說道。

聽說莉雅絲學姊讓我轉生成為惡魔，代價是我必須當她的僕人。

好像是這麼一回事。

從人類重生為惡魔的人，必定會成為使之轉生的惡魔的僕人。惡魔有這麼一條規矩。

我怎麼會變成僕人……當美女的僕人或許也不錯，但是我始終有點無法接受。

「不過惡魔也有階級之分，就是所謂的爵位。我也有喔。雖然和出身、環境有關係，不過也有白手起家的惡魔。一開始大家都是菜鳥。」

「不要說得好像學校的廣告一樣！話說這是真的嗎？總覺得不太能夠相信。」

看到我很有意見的模樣，學姊湊到我的耳邊。

她的紅髮散發芳香的味道。感覺我的腦袋快要麻痺了。啊、這就是她的魔力嗎？

「如果做得好，或許可以讓你有個受到女生歡迎的人生喔？」

——

一句話進入我的腦裡。

「要怎麼做！」

不假思索脫口說出這句話。

好色天性能夠堅定到這種程度，也算是了不起了。

不，或許這也是學姊的魔力使然。因為連我自己也覺得沒必要這麼亢奮。

「純粹的惡魔在過去的戰爭死傷許多，因此惡魔自然必須找尋僕人。不過剩下的惡魔沒有過去那種足以率領大軍的力量和威嚴。儘管如此，我們還是得增添新的惡魔。惡魔也和人類一樣有性別之分，所以惡魔男女之間也會生小孩。可是光靠自然出生要恢復原本的數量，得花上相當長的時間。因為惡魔的出生率極低，這樣是無法對付墮天使的。因此我們決定拉攏有資質的人來當惡魔，不過身分是僕人。」

「到頭來還不是僕人。」

「哎呀，不要這麼失望。接下來才是重點。只是這麼做只會增加僕人，無法出現具備力量的惡魔，所以我們惡魔採取了新的制度。具備力量的轉生者——也就是從人類變成惡魔的人因此有了機會。只要具備足夠的力量，轉生者也可以受封爵位——也因為這樣，這個世界上其實有不少惡魔。像我們這樣潛藏在人類社會裡行動的惡魔也不在少數。我想一誠應該也曾經在無意識之間和惡魔在街上擦身而過。」

「原來惡魔一直都在我們身邊！」

「是啊。不過有些人察覺得到，有些人察覺不到就是了。欲望較強的人，或是碰到很大的問題，不惜借助惡魔力量的人，比較容易強烈察覺惡魔。將畫有魔方陣的傳單發給這種人，我們也比較有機會受到召喚。即使能夠認知惡魔，卻和剛才的一誠一樣不相信我們存在的人也很多，但是只要展現魔力，多半就會相信。」

原來如此！我在瀕死之際能夠召喚學姊，是因為欲望夠強吧！

不過原來惡魔社會也在改革！

聽起來很艱辛，只是就目前來說，這種政治問題與我無關。

是嗎，意思就是說我也可以！

「那、那就是說！如果做得好我也可以得到爵位？」

「是啊。並非不可能的事。當然了，這需要相對的努力和歲月。」

「嗚喔喔喔喔喔喔喔喔喔喔喔喔喔喔喔喔喔喔喔喔喔喔喔喔喔！」

我忍不住在社辦裡高聲大吼。

「真的嗎！我！我也能建立後宮？對、對女生做些色色的事也沒關係？」

「是啊。如果對象是你的僕人，我想應該無所謂。」

我感受到有如落雷的衝擊。

怎麼可能。

真的會有這種事？

如果是現實社會、如果我還是人類，實在不太可能建立後宮。

身為凡人的我，無論多麼努力都無法聚集一大群女生。

看看我現在的慘狀就知道了。

連個女朋友沒有。不對，有過一個殺了我的前女友。

然而，如果是現在！如果是現在！

「嗚喔喔喔！這樣當惡魔不是超棒的嗎！這是什麼！這是什麼！我超亢奮的！現在要我把珍藏的色情書刊丟掉也——」

說到一半的我想了一下才開口：

「不對，色情書刊不行。不能丟。那些是我的寶貝。在被老媽發現以前都要好好珍藏！惡魔和色情書刊是兩回事。嗯，沒錯！」

「呵呵，真是有意思。」

莉雅絲學姊露出感覺很有趣的笑容。

「哎呀哎呀。果然和社長剛才說的一樣。『我們好像多了一個笨蛋弟弟』的確如此。」

姬島學姊也是滿面笑意。

啊哈哈，若無其事地說出過分的話。

「總之就是這樣，一誠。你就是我的僕人囉？放心吧，只要有實力，總有一天會嶄露頭角。到時候或許就能得到爵位了。」

「是的，莉雅絲學姊！」

「不對。要叫我『社長』。」

「社長？叫『大姊姊』不行嗎？」

我順水推舟地問道。

我很想要「大姊姊」。雖然無法搞出什麼百合劇情，但是我想每個男生都有找個年紀比自己大的美女叫「大姊姊」的需求才對。

莉雅絲學姊認真地煩惱之後搖頭說道：

「嗯——那樣雖然也很不錯，可是我的活動是以這所學校為中心，還是叫社長比較好。好歹有個神祕學研究社的偽裝。而且大家都叫我社長。」

「我知道了！那麼，社長！請指導我怎麼當個『惡魔』！」

聽到我這麼說，學姊——社長露出惡魔的笑容。她似乎打從心底感到高興。

「呵呵呵，說得好。真是個好孩子，一誠。好，我來讓你成為真正的男人。」

社長的手指劃過我的下巴。

大、大姊姊！我的大姊姊！

我要在她手下覺醒成為惡魔！不，我還要往上爬！

有什麼關係！

反正我沒辦法變回人類吧？那麼只能在這條路上奮力向前衝了！

我也沒想到自己會毫不抗拒地接受這種狀況。

或許有點傻，但是這麼做也未嘗不可——我試著如此說服自己。

應該說是我的好色天性完全啟動，凌駕於一切之上。一方面或許也是因為我現在異常亢奮的緣故。

幸好我是個以情色為動力的男生！

與其悶悶不樂審視自己的新世界，不如活在當下！

「我要成為後宮王！」

冷靜回想，當時的我或許是被社長的魔力影響，腦袋出了問題。

算了，這樣也無所謂。

後宮。無論如何能夠建立後宮還是很棒。

就是這樣，我成了神祕學研究社資歷最淺的社員。

我的惡魔人生開始沒幾天。

我在半夜拚命踩著腳踏車。

自從那天之後，我成為莉雅絲社長的僕人，每天揮汗勞動。

首先是到舊校舍的社辦集合。時間是深夜。

這是因為我們在夜晚比較能夠發揮惡魔的力量。

每逢夜晚，從我體內湧現的不知名力量就是惡魔的力量。

因為是惡魔，在黑暗世界裡力量會變得更強大，真是太棒了。

也因為是惡魔，才會覺得白天難熬。惡魔討厭光。據說光的力量越強，對身體越不好。

光是毒——

社長是這麼告訴我的。

墮天使和天使以光為武器，正是惡魔的天敵。社長叫我遇見他們就逃跑。

不過習慣之後，白天的陽光好像不至於構成威脅。

我之所以那麼受不了白天，是因為剛轉生為惡魔，還不習慣白天的光線。

聽說再過一陣子就會習慣。

社長在我變成惡魔之後之所以暫時置之不理，是因為希望我自己察覺變化。

原本打算在時機成熟之後叫我過來，告訴我真相。

就是我被穿西裝的墮天使攻擊的那天，這還真是太巧了。

總而言之，我後來以惡魔的身分、以莉雅絲·吉蒙里的眷屬惡魔的身分努力工作。

我變成惡魔的時日尚淺，得先從惡魔社會的結構開始學起。

所以我這個基層成員，才會像這樣在半夜發傳單。

半夜跑出來感覺父母應該會擔心，然而社長只是笑著說聲：「那天我見到一誠的雙親時，已經把這方面的問題全部處理好了。」

的確，在我完成工作半夜回家時，爸爸和媽媽都沒生氣。

「喔——辛苦了。」

他們的反應只有這樣。

嗯——社長的魔力果然厲害。

說到社長厲害的地方，最令我驚訝的是她足以掌控學園的權力。我們就讀的駒王學園是社長的領土，因此她也是學園的地下統治者。

學園的高層似乎也是和惡魔有所來往的人，對吉蒙里家畢恭畢敬。

也就是說，那間學校幾乎是莉雅絲社長的私有財產。

我們能夠半夜在學園裡集合，也是因為如此。

好了，話題回到工作上。

我每天的工作就是根據社長給我的神祕機器前往獲選的住家，將畫著能夠召喚莉雅絲・吉蒙里眷屬的魔方陣傳單塞進郵筒。

我手上的這個機器，好像是用惡魔科學製造出來的秘密道具。

外型很像時下的掌上型遊戲主機。有螢幕，也有按鈕，然後還有觸控面板。機器還內附觸控筆。

我依照社長教我的操作方式操作機器。

螢幕上顯示我住的這個城鎮——也就是社長的「地盤」地圖。

每個惡魔在人類世界的活動範圍都是固定的，只能在規定的領域裡工作。

工作——也就是被人召喚、訂定契約、實現對方的願望。

然後收取對應的代價作為報酬。有時是金錢，有時是物品，偶爾也會取走性命。

不過最近好像沒有什麼簽訂契約的人，會許強到必須付出性命的願望。

即使有，也會因為代價和願望兜不攏而交涉決裂。

社長表示：「人類的價值並非平等。」

嗯，真是現實。

螢幕地圖上那些閃爍的點，就是擁有強烈欲望的人住的地方。

我移動到那些地方，發送畫有魔方陣的傳單。

只要地圖上還有紅點在閃爍，我的夜間騎車運動就不會結束。

因為我是惡魔，其他人類，尤其是警察似乎察覺不到我的存在。這好像是因為我以惡魔的身分開始活動，人類無法察覺工作中的我。

不過即使我每天騎著腳踏車發傳單，螢幕上閃爍的紅點完全沒有消失的一天。

這就表示人類的欲望有多麼深。

聽說許過一次願望的人就會上癮，很容易再次呼喚我們惡魔。

基本上契約限制在夜間進行。因為惡魔能夠行動的時間只有晚上。

白天好像是天使和神的時間。這個部分我還不太清楚。

而且傳單只能使用一次，只要拿到的人把傳單用掉，我就得再發一張到他們的郵筒。

也就是說，我的基層工作會永無止盡地重複。

不過也因為這樣，莉雅絲社長等人才能從事惡魔的活動，我也不怕沒工作，得以確實累積身為惡魔的分數。

社長表示，只要多簽幾個契約、多實現幾個願望，就能得到惡魔之王的讚賞。

原來如此。簡單來說就是一直工作，國王就有可能賜我爵位！

而且似乎是案子越大越好。

我也想要！

我也想簽訂契約！

「嗚喔喔喔喔喔喔喔喔喔喔喔喔喔喔喔喔喔喔喔喔！好想早點被女生團團包圍啊啊啊啊啊啊啊！」

不過現在要耐著性子勤跑基層！

……話說回來，我要做到什麼時候？

某天的放學時間。

我向兩名損友道別，一路朝舊校舍前進。

說到發傳單的工作，原本好像是由社長的使魔負責。

學姊能夠差遣老鼠、蝙蝠，讓牠們化為人型，像我一樣到處發傳單。

使魔發傳單的部分好像不分晝夜。

之所以刻意要我去發傳單，是為了讓我從最基本的地方開始學習惡魔的工作。

木場他們也都做過這種事。

木場、塔城小貓、姬島學姊也都是莉雅絲社長的惡魔僕人，等於是我的前輩。

原來他們也幹過那種基層工作。果然人都有過去。啊、不是人，是惡魔。

還有一件小事，就是塔城小貓和姬島學姊都答應我，可以用名字稱呼她們。

同樣身為社員，這可以說是前進了一大步。

哼哼哼，我還在松田和元濱面前直接叫她們「小貓」和「朱乃學姊」呢。看見他們兩人一臉懊惱的模樣，真是太爽了。

我沒對松田他們說我的遭遇。反正說了他們也不會相信，而且萬一害他們隨便踏進惡魔的世界，那就太危險了。

我是已經死過一次的人，用不著把他們拖下水。

至於木場還是直呼木場。型男去死吧。誰要叫你「木場同學」啊！

我今天被叫到社辦。

我走進越來越熟悉的舊校舍，前往二樓的社辦。

「我要進去了——」

語畢的我走進社辦，發現除了我以外的人都已到齊。哎呀呀，我是最晚到的嗎？

室內很暗。窗戶都拉上黑色的窗簾，完全隔絕光線。

唯一的光芒只有地板上的幾根蠟燭。

「你來啦。」

一看到是我，社長便對朱乃學姊下達指示。

「是的，社長。一誠，請過來魔方陣的中央。」

朱乃學姊向我招手。

感謝美女向我招手！光是這樣對我來說就是獎勵了。

我站到魔方陣中央。好了，接下來要做什麼？

「一誠，你的發傳單工作結束了。你做得很好。」

社長面帶笑容開口。這樣啊，我的發傳單工作終於結束了。

「從現在開始，你身為惡魔的工作要正式起步。」

「喔喔！我也可以簽訂契約了嗎！」

「是啊，沒錯。當然了，這是你的第一份工作，所以會從等級比較低的契約內容開始。小貓那裡接到兩個預訂契約，因為沒辦法同時去兩個地方，其中一邊就交給你了。」

「……請多幫忙。」

小貓對著我鞠躬。

原來是代替小貓啊。這樣也好。

正好我也做發傳單的工作，做到有點想哭了。

沒想到半夜一個人騎著腳踏車發送傳單的日子，會讓我的內心如此孤獨。

其他社員都離開魔方陣，只剩下魔方陣中央的朱乃學姊似乎在詠唱什麼。

魔方陣發出藍白色的微弱光芒。

「請、請問……」

社長對我說聲：

「先別說話，一誠。朱乃正在讓魔方陣讀取你的刻印。」

喔喔，我的刻印。畫在社辦地板上的魔方陣好像就代表「吉蒙里」。

根據我所學到的知識，對於我們這些社長的眷屬惡魔而言，這個魔方陣就像家紋。

也就是說，對於召喚我們、想訂契約的人來說，這是代表我們的記號。

發動魔力好像也和這個魔方陣有關。

木場等人身上到處畫了大大小小同樣的魔方陣，會隨著魔力發動產生作用。他們是這麼說明的。

我原本也想請社長在我身上畫魔方陣，可是剛成為惡魔時好像要從控制魔力學起，想透過魔方陣使用超自然現象等級的魔力，還得訓練好一陣子。

我原本是這麼以為。

「一誠，把你的手掌對著我。」

聽到社長的話，我乖乖舉起左手，將掌心對著她。

社長用指尖在我的手掌上畫了幾下。這是什麼法術嗎？

感覺她好像畫了一個圓圓的東西……

就在這個瞬間，我的手掌發光了。

上面畫了一個散發藍白色光芒的圓形魔方陣。

喔喔，是魔方陣！

「這是用來通過轉移魔方陣，瞬間移動到委託人身邊的魔方陣。在訂完契約之後也會帶你回到這個房間。」

喔喔，原來如此。這個有那種功用啊。

「朱乃，準備好了嗎？」

「好了，社長。」

朱乃學姊離開魔方陣的中央。

「去吧，站到中央。」

在社長的催促下，我站到魔方陣中央。

魔方陣的藍光變得更加強烈。

我好像感覺到一股力量。自從接觸這個魔方陣，力量就由我的體內湧現。

這就是「眷屬」的特權吧。

「魔方陣感應到委託人了，接下來你會飛到對方的所在地。抵達之後該怎麼做，你應該知道吧？」

「知道！」

「很好。那就上路吧！」

我開始興奮啦！

第一次上工！我一定要順利完成！

魔方陣的光芒變得更加強烈。終於要瞬間移動了嗎？

光芒達到最大，包圍我的身體。刺眼的光線讓我閉上眼睛。下次睜開眼睛時我就在委託人身邊了！呼——！好期待喔！

接下來就——

一鼓作氣——

瞬間移動——

…………

…………

嗯？嗯嗯？

咦？移動了嗎？結束了？

我戰戰兢兢地睜開眼睛。

…………看見眼前的景象，我說不出話來。

——是社辦。

奇怪？瞬間移動呢？委託人呢？

仔細一看，社長手扶著額頭，一臉傷腦筋的樣子。

朱乃學姊嘴裡唸著「哎呀哎呀。」一臉遺憾。

木場那個混帳還在嘆氣。生氣歸生氣，不過我到底怎麼了？

「一誠。」

社長出聲叫我。

「是。」

「很遺憾，你好像沒辦法透過魔方陣移動到委託人身邊的樣子。」

嗯？這是什麼意思？

見到我一臉疑惑，學姊開始說明：

「使用魔方陣需要一定程度的魔力……不過並不是多高的魔力。不對，應該說只要是惡魔，就算是個小孩子，應該任誰都辦得到。魔方陣跳躍可以說是基本中的基本。」

這、這是怎麼回事……？

「也就是說，一誠，你的魔力比小孩子還不如。不，是因為魔力水平太低，魔方陣毫無反應。一誠的魔力實在低得太誇張了。」

什……什麼————！

「這是怎麼樣————！」

我不禁說不出話來。

咦————也就是說我沒有魔力，所以沒辦法用魔方陣前往委託人身邊囉？

我是惡魔吧？我好歹是個惡魔吧？

「……丟臉。」

小貓面無表情地說了兩個字。需要這樣打擊我嗎，小貓？

「哎呀哎呀。這下傷腦筋了。該怎麼辦，社長？」

朱乃學姊也一臉傷腦筋地詢問社長。

嗚——我的惡魔之路還沒出人頭地就遭逢波折……

社長稍微想了一下，毅然決然對我說道：

「既然有委託人，就不能讓對方等太久。一誠。」

「是！」

「雖然史無前例，不過你就用雙腳直接前往現場吧。」

「雙腳？」

我不禁感到驚訝。我完全沒料到會有這種答案，社長大人！

「沒錯，用和發傳單時一樣的方式移動，前往委託人家裡。這也是沒辦法的事，誰叫你沒有魔力。既然如此就用其他部分補足吧。」

「騎腳踏車嗎？騎腳踏車到對方家裡！有這種惡魔嗎？」

指。

不發一語的小貓只是指著我。小貓————！妳有必要這樣不斷傷害我嗎……

「好了，快去！惡魔的工作就是簽訂契約！不可以讓人類等太久！」

社長以認真的神情催促我。

嗚嗚，我的出人頭地之路一開始就碰壁了！

「嗚、嗚哇啊啊啊啊啊！我加油就是了～～～～！」

我一邊流淚，一邊衝出社辦。

我在深夜以最高速踩著腳踏車。

我的眼角因為淚水而濡濕。我哭了。沒錯，我哭了。

無法經由魔方陣召喚的惡魔。那就是我。聽說史無前例呢，各位看倌。

我不由得淚流不止。

沒有魔力是怎麼回事！該死！這樣的我有辦法得到爵位嗎？

我一面用惡魔行動裝置搜尋，一面騎著腳踏車朝召喚我的人住家前進。

距離學園二十分車程的公寓。委託人好像就住在這間公寓裡。

如果這是叫外送，都過了這麼久，就算挨客人罵也不奇怪。

正常來說是瞬間移動，我卻讓客人等了超過二十分鐘。如果是人類在做生意，我早就被店長罵慘了。

我們家的店長只是對我露出有點傷腦筋的表情。我是不是讓她失望啦？

嗯——惡魔人生真不好混。

我敲了兩下門。

「晚安！不好意思，我是惡魔吉蒙里派來的使者！召喚我的客人住在這裡吧？」

這樣應該沒問題吧。

只有想訂契約的人能夠認知惡魔。即使我在深夜敲門大喊，對於其他無關的居民來說就像什麼事情都沒發生。

剛才那些話也只有委託人聽得到。惡魔在工作中會有特殊的魔力加持，不會對無關的人造成困擾。以上是社長的說明。

「誰、誰啊！」

裡面傳來一個有點狼狽的男聲。

「呃——我是惡魔。還是個新手。我是因應您的召喚來到這裡。」

「你、你少說謊！哪有惡魔會站在門口敲門！惡魔應該會從這張傳單的魔方陣現身才對！我之前召喚時都是這樣！而且我叫的是小貓！」

你說得沒錯。

這一點我得道歉。非常抱歉。

其實我和社長他們都沒料到會發生這種事。

「啊、不好意思。好像是因為我的魔力不足，所以無法從魔方陣現身。」

「我看你只是普通的變態吧！」

這句話讓我怒火中燒！

「我不是變態！我也不知道會這樣啊！如果可以我也想從魔方陣現身！幹嘛還要這麼悲情大半夜的騎腳踏車狂奔！」

「惱羞成怒啊，死變態！」

「死變態？開什麼玩笑！就跟你說我是惡魔了！」

「回去！」

委託人打開門，當面對我怒吼。

是名消瘦的男子。看起來不太健康。

他原本正在氣頭上，但是一看見我的臉，表情反而緩和下來……

「……你在哭嗎？」

「咦？我？」

我伸手一摸臉頰，發現上面有淚水。

我哭了。

「這樣啊。你是因為沒辦法從魔方陣現身，大受打擊才會哭啊……」

「大概吧。」

我被請進室內。

委託人還端了茶給我。

魔方陣那件事，加上剛才的對罵，似乎對我的心靈造成超乎想像的傷害，讓我在無意識間流下眼淚。

也難怪我會想哭。

看見我在哭，委託人——森澤先生不禁感到同情，讓我進到屋內。

裡面頗為整潔。以獨居男性的住家來說算是相當清爽。

一問之下，他似乎是個公務員。

平常認真工作的森澤先生，好像因為渴望與人交流，看了我們的傳單忍不住召喚惡魔。

「來的不是小貓啊……」

然後對第一次簽訂契約的小貓一見鍾情，之後一直都是召喚她。

「抱歉，因為她很受歡迎。應該說可愛系的契約，好像都由她負責。」

對著傳單許願時呼喊想要指定的惡魔名字，就能召喚本人。

我在接受說明時聽過這件事。

只有今天這種狀況，會讓小貓的工作轉到我手上。

也就是說在負責人忙不過來時，也有可能是其他有空閒的惡魔代理業務。

「我、我對契約傳單許的願望也是可愛系的……」

「我也是可愛的新手惡魔，這次能不能請您將就一下？」

「哈哈哈！太強人所難了吧！如果這裡有受過祝福儀式的銀劍我一定捅你一刀！」

大哥，你雖然在笑，可是眼神很認真。

「順便問一下，您原本召喚小貓過來想許什麼願？」

這是我的疑問。那個願望沒辦法由我代理嗎？

這個想法在森澤先生從家裡的某個角落拿出一樣東西之後，頓時煙消雲散。

「我想讓她穿這個。」

感覺好像是哪間高中的女生制服。嗯——總覺得好像看過又好像沒有。

「這是短門希優的制服。」

「短門……啊！『暑宮秋乃』的那個。」

我也知道那部作品。

「暑宮秋乃」系列。最近引起熱烈討論的動畫。

那段時間我也和兩個損友一起看過。主要是看女性角色。

「惡魔老弟，你也喜歡短門啊？」

「不，真要說來我是夜水可子派。」

「理由呢？」

「胸部。」

「——」

聽到我毫不遲疑地回答，森澤先生一時語塞。

夜水可子——「暑宮秋乃」系列的固定班底，是個身材姣好的美少女。

「你是巨乳派？」

「是的，胸部充滿了夢想。這一點我可以肯定。」

我在腦中回想起社長軟嫩的胸部。

社長，我對社長的胸部一見鍾情了。雖然在本人面前很難為情所以說不出口，但是社長的胸部由我來守護。

森澤先生發出「呼呼呼——」詭異的笑聲：

「好眼神。可以看得出你對胸部的熱情非同小可。原來如此，你的喜好和我正好相反。

我喜歡的是貧乳角色。」

「我看得出來。我有個朋友也是。」

我指的是眼鏡損友──元濱。那個傢伙是純正的變態，這一點我也可以肯定。

「嗯。說起來小貓和短門有點像吧？整體給人的氣氛等等……不過身高矮了一點。」

聽他這麼一說，小貓雖然有點嬌小，但是面無表情、沒什麼高低起伏的體型、短髮，這些特色的確是很像。短門希優也是這種感覺的角色。

「所以我才想讓她穿這套。超級想的！」

森澤先生流下悔恨的淚水。他一定深感遺憾吧。

可見他有多想叫小貓穿這個……

「不好意思。我知道了，那就由我來穿──」

「殺了你喔，混帳！」

森澤先生用大吼打斷我的善意。不要氣到號啕大哭好嗎？開玩笑，我是開玩笑的。

他擦乾眼淚，深呼吸讓自己平靜下來。

深深吐出一口氣之後，他似乎恢復冷靜。

「算了。你會什麼特技？既然是惡魔應該有什麼專長吧？某種神奇的力量。順便告訴你，小貓擅長的是怪力。她可以對我公主抱喔。」

森澤先生說得頗為自豪。身為男人這樣可以嗎？

好吧，大概也有這種被女生抱起來會感到興奮的男人。

話說回來，特技啊。嗯——

我雙手抱胸想了一下，然後認真說道：

「我的特技是神龍氣功。」

「去死吧。」

「怎！怎麼樣！有必要立刻叫我去死嗎！而且還帶著殺氣！」

「那當然！哪個世界有特技是神龍氣功的惡魔啊！」

「就在這裡！在・這・裡！」

我指著自己強調。

「那你做給我看！」

「做就做！」

「辦得到就快點！別小看我們七龍堂世代。我們還是小學生時，每個星期一上學的下課時間都在練習神龍氣功。為了凝聚豪氣玉，不知道浪費多少時間收集全地球的豪氣。別小看我們這個世代！」

「吵死了！躬逢其盛又怎麼樣！我也有全套漫畫！特裝版也是全部都買初版！也和損友

在公園裡玩過『藉氣尋人捉迷藏』！」

既然他這麼說，我也不會客氣。

不過我生氣了！沒錯，我真的生氣了！

既然如此，就讓他見識一下！兵藤一誠使盡渾身解數的神龍氣功！

發動神器(sacred gear)！

首先閉上眼睛，高舉左手。在腦中想像空孫悟的身影……然後在放下手臂的同時，擺出神龍氣功的架式。

全力以赴！混帳！給我看好了，躬逢其盛的傢伙！這就是我的渾身解數！

「神龍氣功——————！」

我的左手瞬間發光！

我的神器(sacred gear)，赭紅色的手甲逐漸在我的左手成形。

怎麼樣！這就是我的神器(sacred gear)！

嘩。

我心想這下子森澤先生總沒話說了，轉頭一看，發現他在大哭。

他從書架上拿出《七龍堂》第一集。

然後抓住我的手，熱情地與我握手。

「來聊聊吧！」

嘩。

我的熱淚奪眶而出。

有這句話就夠了，對七龍堂迷而言是最棒的一句話。

「好的。來聊聊吧！」

漫長的夜晚開始了。

「哈哈哈。我也這麼覺得。戴爾的配音找老本真是找對了。」

「沒錯沒錯。讓人覺得『就是這樣！』的感覺。」

我們兩個手拿漫畫，一起聊了兩個小時。

相談甚歡的我們甚至成了忘年之交。

呵呵呵。原本第一印象很差，聊起來才發現彼此這麼投合。

「好——我就試著跟你訂個契約吧。」

「喲！總統！感謝您的指名！」

好耶！好耶好耶好耶好耶！

幾經波折，總算拿到第一個契約！

接下來就是一路出人頭地！我的傳說要開始了！

「來個變成有錢人之類的好了？雖然很老套。」

原來如此。這的確是主流的常見願望。

「我知道了。讓我查查看。」

我打開惡魔專用行動裝置的電源，迅速操作了一番。

輸入期望事項，螢幕顯示答案。

「啊——呃——如果是森澤先生，許這個願望必須以性命作為代價。你會死。」

「死！」

「是的，惡魔似乎有句格言『人類的價值並非平等』，真不好意思。森澤先生要許願成為有錢人就是會死。」

「這、這個說法雖然傷人，不過算了。那麼假設實現了，我何時會死？」

「我看看。啊、在大量金錢從天而降之時就會死。好像連碰都還沒辦法碰到。這也未免太慘了。」

「嗚！連想拿整疊的鈔票打你都沒辦法嗎！」

「不，請不要打我。」

嗯，這樣的發展還真是破壞夢想。

這樣啊。果然以森澤先生的人生來說，變成有錢人是個高不可攀的願望。

這就是所謂的「價值並非平等」吧。這個世界真是越來越難混了。

「那、那不然後宮呢？如果我許願要充滿女孩子的酒池肉林會怎麼樣！」

喔喔。接下來是這個嗎！

我有點感動。畢竟是個男人，想許這種願望也很正常。

「森澤先生！我也非常喜歡後宮！真是男人的夢想對吧！太棒了！我一定可以和你把酒言歡吧！雖然我還沒成年就是了。」

「先別說這些了，結果怎麼樣？」

我迅速在機器上按了兩下。哎呀呀，這個答案也好不到哪裡去。

「呃、在美女，或是美少女出現在森澤先生視野的瞬間就會死。」

「看一眼就會死！」

「不，既然是『出現在視野的瞬間』應該連美女還是美少女都看不出來吧。好慘啊。在街上和美女擦身而過都比許這個願好。」

「嗚、嗚哇啊啊啊啊、啊啊啊啊！」

青年森澤突然哭了起來：

「原來、我、我是這麼沒有價值的人嗎！嗚、嗚嗚、這下子不是只能說生在這個世界上我很抱歉嗎……」

於是我摟著森澤先生的肩膀：

「今天我們就聊七龍堂聊到早上吧。要不要來玩扮演遊戲？我當悟、森澤先生當福祿達。就這麼說定了。」

森澤先生一面流淚，一面點頭。

就是這樣，我的第一個契約沒能談成，轉而做起委託人的照護工作。

—○●○—

「…………」

隔天放學後。

社長在生氣。豎起眉毛的她不發一語，只是沉默。

站在社長眼前的我臉色蒼白。

昨晚我和委託人一直在玩七龍堂遊戲，就這麼過了一個晚上。

「真是史無前例。」

木場面帶苦笑說出這句話。

「……一誠。」

社長的低沉聲音好可怕。

「是！」

「你和委託人聊完漫畫之後怎麼了？契約呢？」

劈頭就問重點嗎？我忍不住冷汗狂冒。

「契、契約沒談成……之、之後一直到早上，我都在和委託人森澤先生玩某部漫畫的扮演遊戲！」

「扮演遊戲？」

「是、是的！就、就是扮演漫畫裡的角色，彼此展開想像戰鬥的行為！」

為什麼我必須這麼認真說明這種事啊。

說著說著我都想哭了。

「我、我也覺得都已經是高中生了這樣很丟臉——不對，都已經是惡魔了這樣真的很丟臉！我、我有在反省！非常抱歉！」

隨著謝罪的話語，我深深低下頭。

說真的，我何必通宵做那種事。

「……契約之後照例要在傳單上填寫問卷。就是詢問委託人『和惡魔訂契約的感想如

何？』等等。寫在傳單上的問卷內容會浮現在這張紙上……」

社長將記載問卷內容的紙張拿給我看。

原來還有這種東西。惡魔的工作也很仔細嘛。

「……『很開心。我還是第一次這麼開心。希望可以再見到一誠，也希望下次能夠訂個好契約。』……委託人的問卷上是這麼說的。」

——

我感覺心中有股暖流。

森澤先生……我明明沒有為你做任何事……

「這還是第一次收到這種問卷。連我都有點不知道該怎麼辦。所以才會不知道如何反應，表情也跟著凝重起來吧。」

社長沒有生氣？

可是我沒簽到契約也是事實。

「對惡魔而言，最重要的是確實和召喚者訂下契約，然後收取代價。如此一來惡魔才能長久存在……我也是第一次遇到這種狀況，不知道該怎麼處理。以惡魔來說應該是不及格，但是委託人卻很開心……」

一臉困惑的社長忽然笑了：

「可是很有趣這點倒是真的。一誠，你的確是盡出些史無前例的狀況，也是個有趣的傢伙。你或許是意外性第一的惡魔喔。不過基本事項還是要遵守。和委託人簽訂契約，實現願望，收取代價。知道了吧？」

「是的！我會加油！」

社長原諒我的行為。

光是這樣就已經讓我樂得飛上天。

社長，這次我一定會成功！

—○●○—

就在我重振氣勢的當天晚上。

我的工作再次開始。

在深夜騎腳踏車飛奔到委託人身邊。

這次是距離學園三十分鐘車程的大樓。

我已經衝得很快了，還是花了三十分鐘。委託人會不會生氣啊？

站在門前的我按下電鈴。按電鈴的惡魔感覺超空虛的。

好想早日能夠被魔方陣召喚。

過了不久，對講機有了反應。

『門沒鎖。請進妞。』

是個低沉的聲音。是男人吧。嗯？「妞」？剛才語尾是不是「妞」？

不，應該是我聽錯了。

我打開門，在玄關脫鞋，提心吊膽地走進屋裡。

就在「喀嚓！」一聲打開房門的瞬間，我啞口無言。

「歡迎妞。」

壓倒性的巨大身軀。同時也擁有壓倒性的存在感。

那是個千錘百鍊、肌肉發達的男人，身上卻穿著哥德蘿莉服飾。

仔細一看，衣服上的鈕釦都快彈飛了，四處的布料也發出哀號，隨時可能裂開。

最可怕的是他的雙眸對我發出淒烈的殺意——然而瞳孔卻散發純真潔淨的光輝。

不對，最可怕的應該是頭部。

頭上戴著貓耳。

我吞下一口口水，汗水從我的臉頰流過，手因為緊張而不住顫抖。

不應該叫他男人，而是鐵錚錚的男子漢！

壓倒性的存在感，踏入絕境的危機感。

我的直覺隱約告訴我，我將面臨毫無道理的死亡。

我戰戰兢兢地發問：

「請、請問……您、您是不是有召喚惡魔……召喚吉蒙里的眷屬……？」

鏗！

男子漢的眼睛一亮，我彷彿聽見這樣的音效。

甚至感覺有種鬥氣，使得我們之間的空間產生扭曲。

我會被殺掉！噫——！

身為惡魔，我卻擺出保護自己的架式。

「是妞。因為有個願望，才會呼喚惡魔先生妞。」

低沉的聲音說出無法理解的話語。

語尾是「妞」！

怎麼可能……這樣真的可以嗎？

「希望你可以把小咪露變成魔法少女妞。」

「請您轉移到異世界吧。」

我立刻回答。

辦不到的。這是辦不到的事，我是說真的。

這個超乎尋常的願望使我煩惱不已。

小咪露？小咪露是什麼？

男子漢的言行令我混亂。

以他的體魄，到異世界闖蕩一番也能活著回來！想打倒魔王都不成問題！

「那個方法小咪露已經試過妞。」

「還試過了！」

「可是沒用妞。沒有人給小咪露神奇的力量妞。」

「不，從某個角度來說，現在的狀況已經夠神奇了……」

「事到如今，只剩下拜託小咪露的宿敵惡魔先生一條路可以走妞。」

不知不覺我被當成宿敵了……不過我硬是將這句吐槽放在心裡。

「惡魔先生——！」

男子漢——小咪露發出的聲音，強到整個房間都在震動。

這是什麼！聲音魔術？

「請賜與小咪露神奇的力量妞——！」

「夠了！你已經夠神奇了！神奇到我都想哭了！」

我真的快哭了。

該死！

怎麼我負責的委託人全是些變態！這是怎麼回事！

「小咪露！小咪露冷靜一點！如果可以我願意陪你聊聊！」

總之我覺得自己應該先跟他聊聊，於是試著安撫他。

小咪露聞言拭去斗大的淚珠，粗獷的臉孔上浮現燦爛的笑容：

「那麼陪小咪露看『魔法少女銀彩螺旋7Alternative』妞。魔法就從那裡開始妞。」

漫長的一夜開始了。

—○●○—

隔天，在形式上的社團活動結束之後，我走在回家的路上。

唉——

我忍不住嘆氣。

社長今天的表情也很微妙。連續兩次沒能簽訂契約。

可是問卷上對我的評價又是讚不絕口。

社長也為了史無前例的事件連續發生而感到困惑。對不起，我老是搞出莫名其妙的事。

我一方面覺得過意不去，一方面又擔心自己的惡魔之路。看來想要出人頭地，似乎比想像中還要艱辛。

昨晚我陪著小咪露看動畫ＤＶＤ直到早上。

一開始我還想抱著有點輕蔑的心態，不打算認真觀看，沒想到那明明是魔法少女作品，表現手法卻出奇熱血，劇情也相當感人，讓我不禁看到入迷，興致勃勃地看到早上。

不過為什麼我的委託人都是那種變態？

「哈哈哈，兵藤同學大概有某種被那種人選上的魔力吧。」

這麼說來，木場好像帶著爽朗的微笑對我如此說道。

型男去死。聽說召喚他的人有很高的比率都是美女大姊姊。

該死！那個傢伙和大姊姊簽訂的都是什麼樣的契約！

色色的嗎！她們許的是色色的願望嗎！

光是想像就讓我湧現殺意。該死！木場這個混帳————！

「哇嗚！」

嗯？突然有個人聲。

從後方傳來的同時，還響起什麼東西倒在路上的聲音。

我轉頭只看見一名修女跌倒在地。

她張開雙手，臉部向下撲倒在路上。怎麼有人可以跌得這麼誇張。

「……妳、妳還好吧？」

我走向修女，伸手扶她起來。

「啊嗚～為什麼我會跌倒呢……啊啊，抱歉。謝謝你～～～」

聲音聽起來滿年輕的，大概跟我同輩吧？

我牽著她的手，拉她起身。

呼。

一陣風吹飛修女的頭紗。

原本固定在頭紗裡的一頭金色長髮在我面前滑落。直順的金髮在夕陽映射下閃閃發光。

我的視線接著移到修女的臉上。

——

只是這麼一眼，便奪走了我的心。

眼前是名金髮美少女。綠色雙眸美麗又深邃，好像要把我吸進去。

…………

我望著那名女孩，不禁看了出神。

「請、請問……有什麼事嗎……？」

她一臉狐疑地望著我的臉。

「啊。抱、抱歉。呃……」

我不知道該說什麼。

總不能告訴她我看傻了吧。

話說這名女孩，該怎麼說，就是那個。

簡直和我理想中的女生形象（金髮美少女版）一模一樣！我會看傻也很正常吧！

總覺得應該要想辦法多聊一點！

其實這是攻略條件吧？我甚至冒出這種想法。

無意間看見她背在肩上的旅行袋。這麼說來，會在這個地區看見修女算是相當難得的經驗，也是我有生以來第一次。

總之先幫她撿回飛走的頭紗。幸好只是飄到附近。

「妳、妳是來旅行的？」

修女搖頭回答我的問題：

「不，不是旅行。其實我今天是到這個城鎮的教堂赴任……你也住在這個城鎮吧。今後還請多多指教。」

她輕輕鞠躬。

喔——來這裡的教堂赴任啊。是人事異動嗎？宗教團體也真辛苦。

「可是剛來到這裡就碰上麻煩。就是……因為我不太會說日文……然後我迷路了，路上的人沒有一個聽得懂我在說什麼……」

一臉困惑的修女，雙手在胸前合十。

……也就是說她不會說日文囉。

可是我卻能夠和她溝通。這是因為惡魔的力量。之前社長曾經說過——

「變成惡魔之後有個特別待遇就是『語言』。從你變成惡魔的那一刻起，全世界的人都聽得懂你說的話。聽見你的聲音的人會自動將你說的話轉換為最熟悉的語言。美國人就會聽成英文，西班牙人就會聽成西班牙文。相反的，你聽見日文以外的語言也會轉換成日文。」

沒錯，就是這樣。

上英文課時，英文傳到我耳中全部變成日文。超嚇人的。

然後英文老師點我起來唸課文，於是我勉強唸完，結果是周圍的同班同學嚇了一跳。

我想也是。我的英文突然變得那麼溜，班上同學當然會嚇到。

連老師也因為驚嚇過度而僵住。

不過看到的英文字母、單字不會變成日文，這種能力好像只限「聲音」。

不過光是這樣就夠了。走遍世界各地，到哪裡都說得通，已經很厲害了。

就是這樣，我無條件變成國際化的高中生。

「我好像知道教堂在哪裡。」

我記得郊外有棟老舊的建築物，好像就是教堂。大概是那裡吧。

可是那裡還沒有倒嗎？

「真、真的嗎！謝、謝謝你～～！這一定也是主的指引吧！」

修女眼角帶淚，對我微笑。這名女孩真是太可愛了。

可是看見她胸前的玫瑰念珠，我便感覺到無比的排斥。

也是。畢竟我是惡魔，我們之間的關係，原本就不應該相遇、說話。

可是我不能放著遇到麻煩的女孩子不管。

於是我帶著美少女修女，一路前往教堂。

在前往教堂的路上，我們經過公園前面。

「嗚哇————」

這時傳來小孩子的哭聲。

「沒事吧，小義？」

媽媽就在附近，應該沒事吧。而且看起來只是跌倒。

然而跟在我後面的修女突然朝公園裡面走去。

「喂喂。」

她走到坐在地上哭的小孩身邊。

我也跟了上去。

「沒事吧？男孩子不可以因為這點小傷就哭喔。」

修女溫柔地摸摸小孩的頭。

他應該聽不懂吧。不過修女的表情十分溫柔。

她緩緩將自己的手掌貼在小孩受傷的膝蓋上。

下一個瞬間，我嚇了一跳。修女的手掌發出淡綠色的光芒，照亮小孩的膝蓋。

那是什麼？魔力？怎麼可能，社長說過只有惡魔或是和惡魔往來的人才能使用魔力。

只見到小孩的傷口逐漸消失。是手上發出的光治好了傷？

我的腦中閃過一個念頭。

——神器（sacred gear）。

寄宿在特定人類身上，超乎尋常的力量。我記得木場是這麼說的。

隱約之中，我感覺到是這麼回事。看見那道光芒之後，我的左手便隱隱作痛。要說無關實在不太可能。

莫非是我的神器(sacred gear)和她的神器(sacred gear)產生共鳴？有所反應？

小孩的傷口不知在何時恢復，沒有留下任何傷痕。

好厲害。

這也是神器(sacred gear)的力量……還真是變化多端。

小孩的母親也愣住了。眼前發生難以置信的現象時，任誰都會這樣。

「好了，傷口不見囉。沒事了。」

修女摸了一下小孩的頭，轉頭面對我說道：

「不好意思，一時忍不住。」

同時伸出舌頭，輕輕笑了一下。

原本發呆的母親趕緊低下頭，帶著小孩離開現場。

「謝謝妳！姊姊！」

是小孩的聲音。表示感謝的話語。

「他是說謝謝妳，姊姊。」

我翻譯給她聽，她便露出開心的微笑。

「……妳的力量……」

「是的。這是治癒之力。是神賜與我的美好禮物。」

她依然在微笑，但是神情隱約有些落寞。

該怎麼說，好像稍微看見她為此吃苦的身影。

應該不要多問比較好吧。

「其實我也有神器（sacred gear）喔——！」

感覺現在不是表明立場的時候。擁有這種異常的力量，應該有人會因此吃苦吧？

像我在神器（sacred gear）出現手上的瞬間，一點也沒有感覺到喜悅，反而很震驚。

而且到了現在還不清楚這怎麼使用，所以也不知道該從何高興起。頂多只是在模仿神龍氣功時派得上用場。

對話在此中斷，我們再次朝教堂前進。

從公園往前走了幾分鐘，有間老舊的教堂。

啊——果然，她一提到教堂我就知道是這裡……還是一樣老舊。

不過我從來沒聽說這裡還有人，但是遠遠看過去，建築物亮著燈，應該有人吧。

抖。抖抖。

渾身上下冒冷汗打冷顫。從剛才開始一直都是這樣。

這也難怪。我可是惡魔。教堂是和神、天使有關的地方，對我來說是敵方陣地。

社長說到不可以接近的地方時，也特別強調神社和教堂。

「啊、就是這裡！太好了～」

對照紙條上的地圖，修女鬆了口氣。

喔喔，果然是這裡沒錯。太好了太好了。

此地不宜久留。而且天色已暗，還是早點離開。

要和美少女修女道別是很難過，不過我是惡魔，她是修女……

跨越立場的戀愛或許是很動人，然而這肯定超出那個程度吧。

再說我很害怕教堂。全身都在發抖。

這對惡魔而言是出自本能的恐懼吧。就像被蛇瞪視動彈不得的青蛙。

不對，應該說是發現了蛇、不知該如何是好的青蛙吧。

「那麼我先走了。」

「請等一下！」

道別的我正想離開現場，修女叫住我。

「我想答謝你帶我到這裡，請進教堂——」

「不了，我趕時間。」

「可是，這樣我會……」

她顯得很過意不去。或許是想請我喝杯茶之類的，答謝我帶她來這裡吧，不過在這裡喝茶實在太危險了。雖然有點可惜，也只能放棄這次機會。

「我是兵藤一誠。大家都叫我一誠，所以妳也這樣叫吧。妳呢？」

我報上名字，修女帶著笑容回答我：

「我叫愛西亞．阿基多！請叫我愛西亞！」

「那麼愛西亞修女，希望我們有緣再會。」

「好的！一誠先生，我們一定會再見面的！」

愛西亞深深鞠躬。

我也揮手道別。她一直目送我，直到我離開她的視線。

這讓我知道她真的是個好女孩。

這次邂逅，也牽動我和她之間不可思議的命運。

「不准再接近教堂。」

當天晚上。

我在社辦裡接受社長的再三叮囑。社長的表情比之前都還要嚴肅。

應該說我被罵了一頓。

「教堂對我們惡魔來說是敵方陣地，我們光是踏進去就會引發神和惡魔陣營之間的問題。那裡隨時都有天使監視。這次對方似乎是因為你是好心送修女過去才沒有動作，否則任何時候從裡面飛出光之長槍都不奇怪喔？」

……真的嗎？

我、我當時的處境那麼危險……

現在回想起來，那股寒氣的確非比尋常，我只感覺得到恐懼。

這樣啊，那就是危機感，是惡魔的本能認真告訴我「有危險」。

「和教堂有關的人也一樣，不可以和他們來往。尤其『驅魔師（exorsist）』更是我們的仇敵。那些接受神祝福的人，力量足以消滅我們。更別說是持有神器（sacred gear）的驅魔師。遇見他們簡直可以說是與死亡為伍。一誠。」

社長甩動一頭紅髮，一雙碧眼直視著我。

充滿魄力、氣勢凌人的眼神，顯現出她有多認真。

「是、是的！」

「人類面臨死亡時，或許還能夠轉生惡魔逃過一死。但是惡魔在遭到驅魔儀式之後會完

全消滅。回歸於無——無。不復存在、無法感受、無能為力。你明白這有多嚴重嗎？」

……無。老實說，我不明白。

見我不知該作何反應，社長這才回過神來，搖搖頭說道：

「抱歉。我太激動了。總之你以後要多注意。」

「是。」

我和社長的對話就此結束。

「哎呀，訓話結束了嗎？」

「喔哇！」

朱乃學姊不知何時出現在我背後。她的表情一如往常，笑容可掬。

「朱乃，怎麼了？」

聽到社長的問題，朱乃的表情蒙上些許陰霾：

「是來自大公的討伐委託。」

—○●○—

——離群惡魔。

也有這種惡魔。

受封爵位的惡魔吸收的僕人背叛主人，或者是殺害主人，因此成為無主惡魔。這種事件很少會發生。

惡魔的力量非常強大，強大到無法與還是人類時比擬。

因此會出現想將這股力量用在自己身上的惡魔也很正常。

這些惡魔離開主人，在各地胡作非為。

這就是所謂的「離群惡魔」。

之前那個穿西裝的墮天使叫什麼多納席克，也曾經誤會我是離群惡魔。

簡單來說，就是野狗。

野狗會造成危害。只要發現他們，原本的主人，或是其他惡魔都得而誅之。這就是惡魔的規矩。

其他勢力也視「離群惡魔」為危險因子，無論是天使，或是墮天使，發現他們也會將其殺害。

據說沒有比逃離制約、回歸野生的惡魔更恐怖的。

我跟著社長、木場、朱乃學姊、小貓等人，來到郊外的廢墟附近。

聽說有「離群惡魔」每天晚上引誘人類到這裡，加以捕食。

這次好像是上級的惡魔委託我們討伐他。

「目標逃進莉雅絲・吉蒙里的活動領域之內，希望你們能夠收拾他。」——

這似乎也是惡魔的工作之一。

食人惡魔……也有這種邪惡的惡魔啊……

不，應該說這才是惡魔的真面目。只是因為有制約，大家才沒有惹事生非……

沒錯，畢竟是惡魔嘛。

時間是深夜。世界充滿黑暗。

周圍是一片茂密高大的草木，遠方可以看見廢棄的建築物。

因為我是惡魔，才能夠在黑暗之中看得如此清楚。

嗯——在這種詭異的氣氛看得太清楚，好像也不算什麼好事。

「……有血腥味。」

小貓口中唸唸有詞，用制服的袖子掩住鼻子。

血腥味？我沒聞到。這表示小貓的嗅覺很靈敏吧。

周遭一片寂靜。

只有一件事連我都感覺得到。

周遭充滿非同小可的敵意與殺意。

我的雙腳不住抖動。快嚇死了。要不是有同伴，我早就落跑了。

手扠著腰、昂然挺立的社長看起來真是可靠！

「一誠，難得有這麼好的機會，去體驗一下身為惡魔的戰鬥吧。」

但是社長劈頭便是強人所難。

「真、真的假的！我、我想我應該不成戰力吧！」

「是啊。以戰力來說的確還不行。」

評斷倒是很乾脆。這樣也滿令人難過的。

「不過見識一下惡魔的戰鬥倒是可以，今天你就好好看著我們戰鬥吧。對了，順便為你說明一下僕人的特性。」

「僕人的特性？說明？」

見到我一臉不解，社長繼續說下去：

「身為主人的惡魔，能夠授予僕人特性……好吧，也該是時候了，就連同惡魔的歷史一起告訴你吧。」

社長開始述說關於惡魔的現狀：

「很久很久以前，我們惡魔、墮天使，還有神所率領的天使展開一場三方鼎立的大戰。各自率領大軍、彼此爭戰，時間長到各個勢力都以為這會是一場恆久之戰。結果每個勢力都極度疲憊，戰爭在沒有勝利者的情況下，於數百年前結束了。」

社長說到這裡，木場接了下去：

「惡魔方面遭受的打擊也很大。爵位足以率領二、三十個軍團的大惡魔，在漫長的戰爭中失去大部分的部下，幾乎無法維持麾下的軍團。」

這次輪到朱乃學姊開口：

「聽說純粹的惡魔也在大戰中死了不少。然而即使現在戰爭結束，我們和墮天使以及神之間的制衡關係依然持續。儘管墮天使方面和神方面也失去大部分的部下，只要稍微露出可乘之機，我們依然會很危險。」

然後社長又說道：

「於是我們惡魔決定採取少數菁英制度。這個制度就是『惡魔棋子(evil piece)』——」

「evil piece？」

總覺得有點複雜，但是不問清楚不行。

「擁有爵位的惡魔根據人類世界的桌上遊戲『西洋棋』為惡魔僕人賦予特性。其中也包含諷刺的意味，因為成為僕人的惡魔多半都是由人類轉生。不過在那之前西洋棋已經在惡魔的世界流行。先不說這些。身為主人的惡魔是『國王(king)』，以我們來說就是我。然後，接著創造『皇后(queen)』、『騎士(knight)』、『城堡(rook)』、『主教(bishop)』、『士兵(pawn)』等五個特性。維持不了軍團的替代方案，就是將強大的力量賜給少數僕人。這個制度雖然是最近幾百年才形成，擁有爵位的惡魔卻意外地對此有不錯的評價。」

「評價？對西洋棋的規則嗎？」

「因為惡魔們開始比較，『我的騎士比較強！』、『不，我的城堡比較有用！』等等。於是上級惡魔之間開始用僕人進行類似西洋棋的遊戲。就是用活生生的棋子大費周章地下西洋棋。我們稱為『排名遊戲』。總而言之，這種遊戲在惡魔之間蔚為風潮，現在還流行到舉辦大型比賽。棋子的強弱、遊戲的優劣，甚至已經足以影響惡魔的地位、爵位。最近也流行起所謂的『收集棋子』，就是將優秀的人類收為己用。因為優秀的僕人也象徵自己的身分地位。」

原來如此。

那個遊戲玩得越好，身為惡魔就越了不起，越能夠引以為傲吧。

……嗯——原本是人類的惡魔僕人，會在惡魔的遊戲發揮棋子的功能啊。

心情有點複雜。我總有一天也得在那個遊戲上場嗎？

「我還不是成熟的惡魔，無法參加官方大會。要參加遊戲還得先通過各種條件。也就是說，一誠和在場的各位，我的僕人暫時不會參加遊戲。」

「所以木場他們也沒參加過那個遊戲囉？」

「嗯。」

木場點頭回應我的問題。

該怎麼說，總覺得惡魔的世界好像也變得不太一樣，原本我想像中那種邪惡又恐怖的印象正在逐漸瓦解。

不對，應該只是我沒見識才會那麼想。

不過有件事令我感到更好奇。

沒錯，就是我的『棋子』，我扮演的角色。

「社長，我的棋子、我扮演的角色和特性是什麼？」

「這個嘛——一誠……」

說到這裡，社長不再說下去。

我也知道為什麼。一股寒意竄過我全身。

因為瀰漫在四周的敵意和殺意變得更加濃烈。

有東西、有東西在接近我們！連惡魔資歷尚淺的我都能立刻理解。

「有股聞起來很難吃的味道喔？可是也有聞起來很好吃的味道喔？到底是甜的呢？還是苦的呢？」

聽起來像是來自地底的低沉聲音。

尤其是那個詭異的感覺真不是蓋的。光是聽到聲音就足以讓恐懼占據我的腦袋。

「離群惡魔拜薩，我們是來消滅你的。」

社長毫不怯懦地宣告。

「喀喀喀喀喀喀喀喀喀喀喀……」

異樣的笑聲響徹周遭。啊——這下子我明白了。這不是人類發出來的笑聲。也不是我認識的惡魔發出來的。

呼……

黑暗中緩緩浮現一個赤裸女性的上半身。不過女子的身體浮在半空中。

不。

咚！

沉重的腳步聲。接著出現巨大的野獸身體。

眼前是個具有女子上半身與怪物下半身，難以形容的異樣怪獸。

野獸的雙手各自拿著一把狀似長槍的兵器。

怪物的下半身有四隻腳，每隻腳都很粗壯，爪子也很銳利。尾巴好像是蛇？嗚哇。尾巴還會獨自活動！

從大小來看應該有五公尺以上。如果用後腳站起來，應該還會更高。

無論怎麼看都是怪物。

這也是惡魔嗎？應該是吧，都叫「離群惡魔」了。

嗚哇——還有這種惡魔啊！我重新體會惡魔真可怕！

「逃離主人身邊，只為滿足一己之欲胡作非為，足以萬死。以吉蒙里公爵之名，我要讓你灰飛煙滅！」

「囂張什麼————！不過是個小女孩————！我要讓妳全身沾滿鮮血，染成和妳的髮色一樣鮮紅————！」

怪物放聲大吼，社長只是嗤之以鼻：

「越是小角色越喜歡廢話。祐斗！」

「是！」

啪！

附近的木場奉社長之命衝了出去。好快。怎麼會這麼快。話說我根本沒有反應過來！

社長對我說道：

「一誠，我繼續指導你接下來的部分。」

傳授？是指惡魔棋子（evil piece）的特性嗎？

「祐斗的角色是『騎士（knight）』，特性是速度。成為『騎士』速度會變快。」

如同社長所說，木場的動作越來越快，最後達到肉眼跟不上的境界。

怪物揮舞長槍想要攻擊，但是完全打不中。

「然後祐斗最強的武器是劍。」

木場停下腳步，手裡不知何時多出一把像是西洋劍的東西。

他伸手一拔，長劍便閃著銀光出鞘。

咻！

木場又消失了。下一個瞬間，怪物的慘叫響徹四周。

「呀啊啊啊啊啊啊啊————！」

我定睛一看，怪物的雙手已經連同長槍和身體分家。傷口正在噴血。

「這就是祐斗的實力。肉眼跟不上的速度，和高超的劍術。兩者合而為一時，他便成為速度最快的騎士。」

慘叫的怪物腳邊有個嬌小的身影……等等，那不是小貓嘛！

「接下來是小貓。她是『城堡(rook)』。城堡的特性——」

「該死的小蟲————！」

轟轟！

怪物的大腳踩向小貓！

小、小貓！這樣不太妙吧——

但是怪物的腳距離地面還有一段距離，沒能將她踩扁。

鼓鼓鼓……

嬌小的少女一點一點將怪物的腳頂起來。

「『城堡』的特性很簡單。就是驚人的力氣。還有強韌的防禦力。沒用的，被那種惡魔踩一腳小貓還不至於倒下。沒那麼容易被踩扁。」

呼！

小貓將怪物的腳抬了起來。

「……飛吧。」

她跳到半空中，銳利的一拳打在怪物的肚子上。

轟隆！

怪物巨大的軀體朝後方飛得老遠。

我回想起最喜歡小貓的那名委託人森澤先生說過的話。

——小貓擅長的是怪力。她可以對我公主抱喔。

這已經超越怪力了吧！

她一拳打飛巨大怪物耶！

啊啊，我決定以後千萬不能反抗小貓。她只要輕輕揍個一拳恐怕就會要了我的命。

超怪力少女。太可怕了。看上她的森澤先生也很可怕。

「最後是朱乃。」

「是的，社長。哎呀哎呀，該怎麼辦呢。」

朱乃學姊一邊笑，一邊朝小貓一擊打倒的怪物身邊走去。

「朱乃是『皇后(queen)』。是僅次於我的最強部下。兼具『士兵(pawn)』、『騎士(knight)』、『主教(bishop)』、『城堡(rook)』所有力量的無敵副社長。」

「咕嗚嗚嗚……」

怪物狠狠瞪視朱乃學姊。朱乃學姊見狀，露出無所畏懼的笑容：

「哎呀哎呀。你還這麼有精神啊？既然這樣，試試這招怎麼樣？」

朱乃學姊朝天空舉起手。

赫！

剎那之間，天空閃現光芒，一道落雷打在怪物身上。

「嘎嘎嘎嘎、嘎嘎嘎嘎、嘎嘎嘎！」

怪物被電得哇哇叫。

「咻———」冒出黑煙，全身上下電得焦黑。

「哎呀哎呀。好像還很有精神呢？看來還可以多電幾下。」

赫！

落雷再次打在怪物上。

「呀啊啊、啊啊啊啊啊、啊！」

怪物再次觸電。叫聲聽起來快沒命了。

但是朱乃學姊不以為意，又發出第三記雷擊。

「咕啊啊啊啊啊啊——————！」

降下落雷的朱乃學姊表情冰冷，還掛著令人害怕的嘲笑。

嗚哇。這個人肯定樂在其中吧……而且還笑了。

「朱乃最擅長運用魔力進行攻擊。她能夠藉由魔力引發雷、冰、火等自然現象。畢竟她可是極度的虐待狂。」

社長說得輕描淡寫。

虐待狂咧！這已經不只是用虐待狂可以說明的了！

「平常雖然溫柔，一旦進入戰鬥，即使對手認輸也會一直攻擊，不到情緒冷靜下來誓不罷休。」

「……嗚嗚，朱乃學姊。我覺得好可怕。」

「你用不著害怕，一誠。朱乃對自己人很溫柔，沒問題的。她也說過你很可愛喔。下次可以試著向她撒嬌，她一定會溫柔地抱抱你的。」

「呵呵呵呵呵呵呵。你能夠承受我的雷電到什麼程度呢？吶，怪物。還不可以死喔？最後一擊要交給我的主人才行。呵呵呵呵呵呵！」

……社長，我打從心底覺得眼前這個高聲大笑的人很恐怖……

我原本還以為她是最有常識的成員……

畢竟是惡魔啊。就是這樣吧。惡魔基本上都是恐怖的。

接下來的幾分鐘，都是朱乃的雷電攻擊時間。

社長確認朱乃學姊的攻擊告一段落，點了點頭。

社長走向完全喪失戰意的怪物。

她伸手指著趴在地上的怪物問道：

「有沒有什麼遺言？」

「殺了我。」

怪物只說了這幾個字。

「是嗎？那就灰飛煙滅吧。」

冷酷的聲音。社長壓低聲音，令我不由得渾身發抖。

轟！

社長的手掌發射出巨大漆黑的魔力結晶。

大小足以輕鬆覆蓋巨大的怪物。

魔力結晶吞沒了整隻怪物。當魔力消失之時，怪物已經完全不留痕跡。

如同社長所說，灰飛煙滅。

確認他消失之後，社長呼出一口氣：

「結束囉。大家辛苦了。」

聽到社長的話，大家也恢復平常那種開朗的感覺。

「離群惡魔」討伐就此結束了吧。

「離群惡魔」的下場。我實在不知道該說什麼。那個傢伙一定也是有什麼想法，才會離開主人身邊吧……

這就是惡魔的戰鬥……太驚人了。包括敵對的惡魔在內，這個世界還有很多我所不知道的事。

而我要在這個世界往上爬……

或許得以十年為單位來計算才行。

這時我想起一件事。是有關剛才提到的惡魔棋子（evil piece）扮演角色的問題。

既然我也是具有爵位的惡魔的僕人，應該也是某種棋子。

「社長，不好意思我剛才沒來得及問。」

「問什麼？」

社長以笑容回應。

「我的棋子……應該說，我身為僕人扮演的角色是什麼？」

老實說，我這個時候就有預感，得到的答案不會太好。應該說，我本來就覺得應該會是那個才對。不過還是心存僥倖。

朱乃是皇后（queen）、小貓是城堡（rook）、木場是騎士（knight），那麼剩下的棋子只有兩種。

主教（bishop）……和士兵（pawn）。

些許的期待瞬間粉碎。

紅髮美少女一面微笑，一面明確地對我說道：

「是『士兵（pawn）』。一誠是『士兵』。」

我是最低階啊。

Life.3 交到朋友。

「唉……出人頭地之路好漫長啊。」

我望著自己房間的天花板自言自語。

士兵（pawn）——

我的特性與角色。

士兵不就是最低階的兵種嗎？

要從最底層往上爬啊……而且從起點就遭逢挫折，看來我的惡魔之路真是波折不斷。

對了，社長的「主教（bishop）」好像另有其人。在我知道自己是什麼棋子那天，社長接著說明：

「我有別的『主教』了，不過不在這裡。我下達其他命令，到別的地方為我工作了。有機會再介紹給你認識。」

就是這麼回事。不知道是怎樣的傢伙？應該不久就能見到了吧。如果是女生就好了。

所以我是剩下來的「士兵」。真是前途多舛。

我不禁心想——

這樣真的好嗎？

因為身上有個叫神器（sacred gear）的神龍氣功產生裝置就被墮天使盯上、殺死，還欺騙我的感情。

之後出現惡魔。

被美少女惡魔拯救、被她宣告「你是我的僕人！」又被一句「出人頭地就有後宮」騙得服服貼貼。

之後成為社長的僕人，每天揮汗工作。

發傳單。接著是簽訂契約。

但是因為魔力太低，無法從魔方陣跳躍到委託人所在地。

史無前例的差勁惡魔。這就是我。

呼——

我忍不住嘆氣。

仔細想想，我在變成惡魔之前本來就沒有什麼特色。

為了受女生歡迎付出各種努力，到頭來還是贏不了型男。

在變成惡魔之前也沒什麼特別的夢想。呃——從這點來說變成惡魔或許也有好事吧。

不對，最根本的問題是變成惡魔真的好嗎？

當然，那個時候如果社長沒救我，我的人生早就結束了。也不會像這樣，有這個閒工夫煩惱青春。

要說開心……也挺開心的。職場美女如雲，大家都對我很好。雖然是惡魔。

莉雅絲社長很正，朱乃學姊只要別惹她生氣就沒問題……應該。

小貓也是，目前相處起來沒有什麼問題。

木場雖然惹人厭，明明是個型男卻和我有話聊……意外是個好人。明明是型男。

果然人不可貌相。感覺我心中對型男的認知快要有所改變了。

我突然想到那個金髮美少女修女。

愛西亞，真是個漂亮的女孩。如果要交女朋友……想到這裡，我雙手掩面。

明明才經歷那麼慘痛的失戀。

竟然玩弄我的感情……夕麻，我真的好喜歡妳。

該死。為什麼我的人生老是被他人的力量左右。

不，或許人生就是這樣吧。可是實在是因為我身邊發生太多這種不可思議的事，才會更讓我覺得一直被耍得團團轉吧。

愛西亞……修女啊。和我的立場恰好相反。

我們不會再有交集了吧。

她走她的陽關道，我走我的獨木橋。

一個是神的僕人，一個是惡魔的僕人。

兩人只是偶然在那種情況相遇。

我們還是不要再見面比較好吧。一定只會讓彼此不幸而已。

真是的，我何必在心裡裝模作樣。

「啊——我是最弱的士兵（pawn）。一點長處都沒有，還有辦法受封爵位嗎……呃、應該是叫魔王陛下？不對，找魔王陛下商量也沒用吧。」

我忍不住苦笑。

還是先訂個目標吧。沒錯。這樣就對了。

首先要能用魔方陣跳躍！

就是這個。只有這個了。嗯！感覺比較有幹勁了。

悶悶不樂的時間結束了。如今的我已經是惡魔。這點無法改變。

既然如此，也只能以惡魔的身分活下去。然後還要實現身為惡魔的夢想。

即使無法實現，只要以此為目標而努力，自然就會成為生命的意義。

好！我要加油！我要努力！

就是這樣，時間來到晚上，已經是惡魔的活動時間。

深夜的我騎著腳踏車衝到一戶人家。

不是大樓也不是公寓，是普通的透天厝。

這還是第一次。話說回來，這下子該怎麼辦？

委託人應該不是一個人住，不會被他的家人發現嗎？

因為我可是直接殺到家門口耶。平常不會被其他人類發現，但是這種情況又如何？

儘管擔心，我還是打算按電鈴。就在這個時候，我突然發現了。

門是開的。

……大半夜的，這樣太危險了吧。

撲通。

一種難以言喻的不安襲向我。不知為何有種很討厭的感覺。

不過我還是向前跨了一步。

我從門口偷看裡面。

走廊沒有燈光。有道樓梯通往二樓，似乎也沒開燈。

只有一樓深處的房間好像有燈光，但是很暗。

……果然不太對勁。感覺不到人的氣息。

睡著了？怎麼可能。如果是這樣，我應該不會感覺到這種異常的氣氛。

我在玄關脫鞋，然後拎著鞋子在走廊上前進。

我不是小偷喔。我是惡魔。我在心裡如此辯解。

捻手捻腳來到裡面的房間。

我悄悄從開著的門縫探頭窺伺，發現光源來自蠟燭。

「……晚安──我是吉蒙里大人派來的惡魔……請問委託人在嗎？」

我心虛地開口，但是沒有人回答。

無計可施的我只好下定決心，踏進房裡。

這裡是客廳。裡面擺著沙發、電視、茶几等家具。

相當尋常的客廳佈置──

我的呼吸停住了。視線盯著一個東西。

牆壁。客廳的牆上有一具屍體。頭上腳下的屍體。

……是人類。男人。是這個家的人嗎？只是為什麼……？

身體遭到千刀萬剮。有東西從傷口流出來，應該是內臟……

「嘔！」

我當場將肚子裡湧上來的東西吐出來。

之前看見怪物時沒有吐，卻在看見人類悽慘的模樣時有了反應。

這具遺體實在讓人不忍卒睹。

遺體貼在牆上，呈現倒十字的形狀，用釘子加以固定。

粗大的釘子釘在男子的雙手掌心、兩個腳掌，以及軀體中心。

這不正常。太不正常了！

正常人才不會這樣殺人！

血滴在地板上，積成一大灘。

釘著男子的牆上還有用血寫成的文字。

「這、這是、什麼……」

「『為惡者將得到懲罰——』這是引用聖人說過的話喔。」

我的後方傳來突然年輕男子的聲音。

轉頭看見一個白髮男子。很年輕，看起來好像是外國人，年紀大概十幾歲吧？

打扮很像神父，而且是個美少年。

神父一看見我，便咧嘴一笑：

「嗯～嗯～～？哎呀呀呀，這不是惡——魔小弟嗎——？」

他笑得很開心。

就在這時，社長的話從我腦中閃過。

——和教堂有關的人也一樣，不可以和他們來往。尤其「驅魔師」(exorsist)更是我們的仇敵。那些接受神祝福的人，力量足以消滅我們。

神父當然是和教堂有關的人。糟了……

對方還看得出我是惡魔，這下子情況應該很不妙吧？

「我是神父♪少年神父～～♪誅殺惡魔～～冷酷無情地嘲笑～～♪惡魔們，我要砍下你們的頭～～才能混飯吃～～♪」

神父突然唱起歌來。

莫、莫名其妙。這傢伙是怎麼回事！

「我的名字是弗利德．瑟然。是隸屬於某個驅魔師組織的基層成員。啊、你不必因為我報上名號就跟著說。我不想浪費腦容量記憶你的名字，還是免了吧。沒關係，反正你馬上就會死了。我會讓你死的。一開始或許會有點痛，不過馬上就會爽到哭出來。讓我們一起邁向新天地！」

我從來沒碰過這種人，言行舉止亂七八糟。

他果然是驅魔師，看來相當不妙。

不過我有話要對這個傢伙說。我嚥下口水之後開口：

「喂、這個人是你殺的？」

「YES，YES。是我幹的。誰叫他一天到晚召喚惡魔，不殺他要殺誰。」

搞、搞什麼啊！

「哎呀？你很驚訝嗎？想逃啊？不對～～這樣太奇怪了。說真的，一個人類會和惡魔交易就已經是爛到不能再爛，踏上人渣之路了。這點請你明白好嗎？沒辦法？喔——這樣啊。果然是有如廢物的惡魔。」

這個傢伙沒救了！根本沒得談！

不過該說的話還是要說！

「人殺人像什麼話！你們不是只會殺惡魔嗎？」

「啥————？你是什麼意思？區區一個惡魔還敢教訓我？哈哈哈，真是好笑。參加搞笑比賽應該會得獎吧。喂，聽好了狗屎惡魔。你們惡魔不是以人類的欲望為食糧而活嗎？會依賴惡魔就表示身為一個人已經完蛋了，沒救了。所以我殺他是為他好。這是我的工作，我就是靠宰殺惡魔還有受惡魔迷惑的人類過活的。」

「就、就算是惡魔，也不會做到這種地步！」

「啥~~?你說什麼啊?惡魔都是屎,和屎沒兩樣的存在喔?這是常識耶?你不知道嗎?我看你從胎兒開始重新當起比較實在。啊、可是你看起來是人類轉生的惡魔,也沒什麼胎兒了。不如我讓你重新投胎!開玩笑的!很棒吧?很棒吧?」

神父從懷裡拿出沒有刀身的劍柄,還有一把手槍。

嗡。

空氣振動的聲音。

只有劍柄的武器伸出類似光束軍刀的光之刀身。

那是什麼?真的是〇彈的光束軍刀嗎?

「你實在讓我覺得很那個,可以砍你嗎?可以開槍打你嗎?OK是吧?收到。現在我就拿這把光之刃刺穿你的心臟,用這把帥氣的手槍對你的腦袋來記必殺必中fall in love!」

噠!

神父朝我衝了過來!

光之刀身一記橫掃。

嗚哇!

我在千鈞一髮之際躲過,腳上卻傳來一陣劇痛。

神父手上的手槍冒煙。我中槍了?

可是我沒聽見槍聲。剎那之間，我的腳又是一陣劇痛。

我不住呻吟，當場跪下。這次是左腳的小腿肚中槍！

「唔啊啊啊！」

好痛！我記得這種痛楚！

「怎麼樣啊！驅魔師的特製驅魔彈！發射的可是光之子彈！當然不會有槍聲。因為是光彈嘛。有種幾近高潮的快感席捲你和我吧？」

是光的痛楚。沒錯。這是光的痛楚。

光對惡魔而言是毒。一旦中了疼痛就會竄遍全身。

「惡魔去死去死！惡魔去死！化為塵土、在空中飛舞吧！一切都是為了我的愉悅！」

神父發出瘋狂的笑聲，準備給我最後一擊。

「請住手！」

就在此時，響起一個我曾經聽過的女聲。

神父維持準備攻擊我的姿勢停下動作，只有視線朝聲音傳來的方向看去。

我的視線也跟著看過去。

——

是我認識的人。

「愛西亞。」

沒錯，那名金髮修女就站在那裡。

「哎呀，這不是我的助手愛——西亞美眉嗎？怎麼啦？張設結界的工作結束了？」

「不、不要啊————！」

愛西亞看見住在這裡的人的遺體被釘在牆上，不由得放聲尖叫。

「感謝妳可愛的尖叫！對了，愛西亞是第一次看見這種屍體吧。那麼就請妳好——好看，仔——細看。被惡魔小弟迷惑的廢人死後就是這副德性喔——」

「……怎、怎麼這樣……」

愛西亞的視線突然看過來。她驚訝地瞪大雙眼：

「……弗利德神父……那個人……」

愛西亞的視線正看著我。

「人？不不不，這個傢伙是狗屎惡魔小弟。哈哈哈，妳是不是搞錯什麼啊？」

「——一誠先生是……惡魔……？」

大概是這件事造成的衝擊很大吧，她一時語塞。

「什麼什麼？你們認識啊？哇——喔。真是驚訝大革命。惡魔和修女的禁忌之戀？真的嗎？真的嗎？」

那個名叫弗利德的神父一副看笑話的模樣來回看著我和愛西亞。

……真不想被她知道。

希望維持原樣。希望她一直不知道真相。因為我也不打算再見到她。

真希望我在她心目中，只是個街上遇到的親切高中男生。

該怎麼說，真傷腦筋。命運真是令人厭惡。愛西亞的視線令我難受。

抱歉。生為惡魔真是抱歉。

「哈哈哈！惡魔和人類無法並存！尤其教會之人和惡魔更是天敵！而且我們還是被神遺棄的異端分子耶？我和愛西亞都是沒有墮天使大人庇護就活不下去的半吊子喔～～？」

墮天使？

這是怎麼回事？神父和修女不是在神之下工作的嗎？

「算了算了，先別說這些。我沒有把這個垃圾宰了就不算完成工作，所以三兩下把他解決吧。準備OK了嗎？」

神父再次用光劍指著我。

要是被那種東西在我胸口捅一下，應該會死吧……假使能活下來，八成也會像被釘在牆上的委託人一樣被千刀萬剮。

一想到這裡，恐懼便占據我的身體。糟糕，再這樣下去就糟了！

身體動彈不得，我就要這樣被殺了！

這時金髮少女介入我和神父之間。

她站在我身前，張開雙手護著我。

神父見狀，表情變得非常凶狠：

「……喂喂。真的假的——愛西亞美眉，妳知道自己在幹什麼嗎～～？」

「……知道。弗利德神父，拜託你。請你饒過他。放他一條生路。」

——

這句話讓我不知道該如何反應。

愛西亞？在袒護我？

「我受夠了……說什麼被惡魔迷惑就制裁他人、殺害惡魔，這種做法是錯的！」

「啥——————！妳耍什麼笨啊，蠢貨！惡魔和狗屎沒兩樣，教會不是教過了嗎——！妳是不是腦袋長蛆了！」

弗利德的表情充滿憤怒。

「惡魔之中也有好人！」

「才沒有，白——————癡！」

「我、我之前也是這麼想沒錯……可是一誠先生是好人。即使現在知道他是惡魔，這點依然不會改變！殺人是不被允許的事！這種事！這種事主不可能允許！」

看見屍體、知道我是惡魔，應該很震驚的愛西亞意志依然清楚，對神父說出想說的話。

這個女孩的精神力實在太強韌了。真是了不起。

啪！

「呀！」

那個混帳神父，竟然用持槍的那隻手朝愛西亞揮去。

「喂，愛西亞！」

愛西亞跌倒在地，我衝到被打飛的愛西亞身邊。

……臉上瘀青了。混帳，竟然真的打了。

「……墮天使大姊還千交代萬交代叫我不准殺妳，可是我現在有點火大到了極點耶。反正好像不要殺掉妳就好，稍微做點類似強○的舉動不知道行不行？我這麼傷心不做到這種程度大概不會好吧。啊、在那之前還得先殺掉那邊那個垃圾才行喔。」

神父再度將光劍指向我。

……我不能丟下愛西亞，自己逃跑。

這個傢伙說出那麼危險的發言，我怎麼可能把她留在他身邊！

要逃也是和愛西亞一起逃。如果考慮到戰鬥……

有辦法用神器（sacred gear）戰鬥嗎？連有什麼效果都還不知道耶？

而且我還是最弱的「士兵（pawn）」。勝算太小了。

可是我……

「眼前有保護我的女孩子，叫我怎麼能逃。好，來吧！」

我面對神父擺出迎戰的架式。

見到我這麼做，神父開心地吹口哨：

「咦？咦？真的嗎？真的嗎？你要和我打？會死喔？會死得很痛苦喔？我可沒打算讓你死得太輕鬆喔？太好了太好了，來挑戰能將肉切得多細的世界紀錄吧！」

他說的話真令人毛骨悚然。

哈哈哈。我要在這裡完蛋了嗎？

不過我可不能在愛西亞面前表現得太窩囊！

神父向我衝來——地板同時發出藍白色的光芒。

「發生什麼事了？」

光芒在有所疑問的神父腳邊延伸，藍色的光逐漸描繪出某個形狀。

——是魔方陣。

而且是我看過的魔方陣。

是吉蒙里眷屬的魔方陣！難、難道！

鏘！

畫在地板上的魔方陣開始發光。光芒之中接著出現幾個我很熟悉的人。

不，是幾個惡魔。

「兵藤同學，我們來幫你了。」

木場對我微笑。

「哎呀哎呀。情況好像很嚴重呢。」

「……神父。」

朱乃學姊和小貓！

沒錯，就是我的同伴。

嗚——！竟然在碰上危機時趕來救我！

害我感動到快哭出來了！太棒了！原來真的會有這種事！

「呀喝！對惡魔旅行團先制攻擊！」

神父毫不在意地砍過來。

鏗鏘！

金屬聲在房間內迴盪。木場的劍接下神父的攻擊。

「抱歉，他是我們的同伴！我們不能讓你在這種地方幹掉他！」

「喔——喔——！明明是惡魔還這麼有同伴意識？惡魔戰隊魔鬼連者大集合？好耶。好熱血。好萌！怎麼了？現在是你攻他受嗎？是這種配對嗎？」

明明處於兵刃交鋒的狀況，神父依然吐出舌頭，同時跟著搖頭晃腦。

完全不把我們當成一回事！

木場也難得露出厭惡的表情。這也難怪，這個傢伙的確很噁心。

「……好下流的發言。一點也不像神父……不對，就是因為不像，才會變成『離群驅魔師』吧。」

「對對對！我就是下流——！抱歉啦！誰叫我脫離教會了！被趕出來了！話說我覺得梵蒂岡去吃屎吧！只要心血來潮能夠獵殺惡魔，我就已經很滿足非常滿足超級滿足了！」

雙方劍抵著劍，僵持不下。

木場表情平靜，但是目光緊盯對手。

少年神父弗利德發出詭異的笑聲，似乎相當享受現況。

「你是最棘手的類型呢。生命的意義只有獵殺惡魔……對我們而言最為有害。」

「啥——！輪不到惡魔大人說這種話吧——？我可是卯足全力拚命活在當下！你們這些糞蟲沒資格對我說三道四！」

「惡魔也有惡魔的規矩。」

朱乃學姊帶著微笑開口，但是視線十分銳利。

她對弗利德投以敵意與戰意。

「好耶，好熱情的視線。這位大姊超棒的，我一直感覺到妳想殺我的念頭。這是愛意嗎？不對吧。我覺得這是殺意！超棒！超棒的！殺意不管是施與受都一樣讓人受不了！」

「那麼你就灰飛煙滅吧。」

颯然出現在我身旁的，是一名髮色鮮紅的少女——莉雅絲社長！

「一誠，真對不起。沒想到會有『離群驅魔師』來找委託人，是我的失算。」

出聲道歉的社長看見我的模樣，眼睛瞇了起來：

「……一誠，你受傷了？」

「啊、不好意思……就、就是、中槍……」

我笑著開口，試圖矇混過去。

啊——之後又會被罵了。不好意思，是我太弱了，社長。

然而社長沒有指責我，反而是以冷淡的表情面對神父：

「看來你相當照顧我的僕人嘛？」

說話的聲音既低沉又恐怖。

嗚喔。社長發飆了？為了我？

「是啊是啊，我超照顧他的。我本來打算把他身上每一吋肉一刀一刀割開，結果你們跑來礙事，全都化為泡影啦。」

砰！

神父身後，客廳裡的家具被打飛了。

是社長。社長從手中發射魔力彈。

「我這個人呢，如果有人敢傷害我的僕人，就絕對不會原諒。尤其是被你這種下流至極的傢伙傷害屬於我的東西，更讓我嚥不下這口氣。」

話中的魄力，幾乎連空氣都為之凍結。

殺氣籠罩整個客廳。社長身邊散發一陣一陣波動，應該是魔力的波動吧。

「社長！有好幾個疑似墮天使的反應正在接近這裡。再這樣下去，戰況對我們不利。」

朱乃學姊如此說道，好像感應到了什麼。

墮天使正在接近？是那些黑色羽翼的傢伙？

社長瞪了神父一眼：

「……朱乃，帶著一誠回根據地。準備跳躍。」

「是。」

在社長的催促下，朱乃學姊開始詠唱不知名的咒語。

跳躍？我們要直接逃回社辦嗎？

我不經意地看向愛西亞——

「社長！也帶她一起走吧！」

對社長說出這個要求。

「不行。只有惡魔能用魔方陣移動，而且只有我的眷屬可以透過這個魔方陣跳躍。」

怎、怎麼會……

我和愛西亞四目對望。她只是揚起嘴角笑了。

「愛西亞！」

「一誠先生。再會了，我們會再見面的。」

這是我們在現場最後的對話。

下一個瞬間，朱乃學姊的詠唱結束，地板上的魔方陣再次發出藍光。

「想逃啊！」

神父揮劍砍過來，但是小貓輕鬆抓起大型沙發丟過去。

神父用光之劍掃開沙發之時，我們已經轉移回到社辦。

回到社辦的我不記得第一次使用魔方陣跳躍的感想，只是想起愛西亞最後的笑容。

「驅魔師（exorcist）分成兩種。」

我在社辦一面接受腳傷的治療，一面聽社長說明。

「一種是由接受神的祝福之人擔任的正規驅魔師。他們借用神或天使的力量消滅惡魔。然後還有另外一種——就是『離群驅魔師』。」

「離群？」

聽我這麼一問，社長點頭回應。

又是「離群」啊？

「驅魔原本是奉神之名消滅惡魔的神聖儀式，但是偶爾會有驅魔師以殺害惡魔為樂。他們在打倒惡魔的行動中感受到生命的意義和愉悅。這種人會遭到信奉神的教會驅逐，或是被視為有害分子、暗中加以處理，毫無例外。」

「處理……會被殺嗎？」

「不過還是有人能夠苟延殘喘下來。你覺得這種人會怎麼做？很簡單。就是成為墮天使的手下。」

「墮天使就是黑色羽翼嗎？」

「沒錯。墮天使雖然遭到天堂驅逐，仍然擁有光之力——也就是消滅惡魔的力量。墮天使也在之前的戰爭中失去許多同伴和部下。所以他們也和我們一樣開始收集僕人。」

聽到這裡，我也搞懂了。

「也就是說想殺惡魔的驅魔師和覺得惡魔礙事的墮天使利害關係一致囉？」

「沒錯，『離群驅魔師』就是這麼回事。獵殺惡魔成癮的危險驅魔師在墮天使的庇護之下對惡魔和召喚惡魔的人類下手。剛才的少年神父就是這樣，是隸屬於背後有墮天使撐腰的組織的『離群驅魔師』。儘管不是正規驅魔師，還是一樣危險至極。不，因為不受限制，甚至比一般的驅魔師還要危險許多。和這種人扯上關係對我們來說不是什麼好事。看來一誠之前去的地方不是屬於神，而是墮天使占據的教堂。」

……我可以理解這有多不妙。

光是和剛才那個混帳神父對峙就讓我了解到他有多危險。

他相當邪惡。對於戰鬥，對於殺害惡魔，他完全只感覺到喜悅。

一想到還有很多和那個混帳神父一樣的人，就知道插手管墮天使陣營的事情有多危險。

這我知道。我當然知道。

可是，可是！

我對社長說道：

「社長，我想救那個叫愛西亞的女孩！」

「辦不到。要怎麼救？你是惡魔，她是墮天使的僕人，兩者無法和平共存。你想救她，就意味著要與墮天使為敵……到時候連我們也不得不戰鬥。」

「…………」

我無言以對。如果我任性妄為，會給社長他們添麻煩。

天秤上一邊是愛西亞，一邊是社長等人。

可是我找不到答案。我不知道哪邊比較重要。

比較重要的是……是……

無法回答的自己有多麼悲慘、多麼渺小，這時我才深刻體會這個不得不面對的現實。

連一個女孩子都救不了。

我太弱了。

—○●○—

「唉……」

中午時分。

我請了假，坐在兒童公園的長椅上用力嘆氣。

之前神父射擊的槍傷意外嚴重，我的腳還沒完全康復。

跟據社長的說法「大概是賜予神父力量的墮天使光力相當強」的關係，對於我們「視光為毒」的惡魔來說相當棘手。

腳傷成這樣大概也沒辦法進行惡魔的工作，所以社長下令要我休息。

學校那邊社長應該已經交代過了。畢竟社長是暗中操控學園的人。

「咕——」

我的肚子在叫。這麼說來，我從早上就沒吃任何東西。

因為我一直在思考愛西亞，還有我的惡魔人生。

該怎麼救愛西亞？不對，最根本的問題是愛西亞對自己的現狀是否真的感到憂心？

我不知道。

可是跟著那個打過自己的瘋狂神父，也沒辦法專心工作吧。我自己擅自這麼解釋。

嗯——

可是我如果憑自己的判斷行動，又會對社長他們造成很大的麻煩。

……真想變強。

這個念頭占據我心裡最大的部分。

不夠強就無法實現的事太多了。這是我在時日尚淺的惡魔人生感觸最深的一件事。

看來在我未來要走的道路，不會兩招實在無法前進。

在那之後，我已經可以在需要時叫出神器（sacred gear），可是它到現在還是不曾發動，仍然無用武之地。應該說老是想依靠神器（sacred gear）才成不了大器吧。

好。養好傷之後，我要鍛鍊身體！然後也要請社長和朱乃學姊教我如何使用魔力。

……雖然不甘心，不過也向木場請教劍術好了。

總之我找到了目標。

我要變得比那個混帳神父還強。不，至少要強到遇見墮天使也能逃走的程度。

我雖然是「士兵（pawn）」，只要肯努力應該也能有所成就。希望如此。

嗯，有了新的目標，找個地方買午餐就回家吧！

正當我拖著懶散的身體從長椅起身時，一抹金色映入我的眼簾。

心裡一驚的我轉過頭，便看見一名眼熟的金髮少女站在那裡。

對方也發現我了。雙方都因為這次相遇感到驚訝。

「……愛西亞？」

「……一誠先生？」

—○●○—

「啊嗚嗚……」

真是奇妙的畫面。

修女站在速食店的櫃台不知所措。

「請、請問要點什麼……」

店員也一樣不知所措。

午餐時間，我帶著愛西亞來到鬧區的速食店。

愛西亞看起來好像是第一次走進這種店，點個餐都會讓她吃足苦頭。

我原本說要幫她，但她挺頭挺胸揚言「沒問題。我自己一個人也辦得到。」所以我只是在一旁看著……

但是仔細想想，話說回來，妳不是連日文都不會嗎？

終於看不下去的我從旁伸出援手：

「不好意思。她和我一樣。」

「好的。」

店員也依照我的意思點餐。

愛西亞的表情顯示似乎受到一點打擊。

「啊嗚嗚，真丟臉。竟然連個漢堡都買不到……」

「沒、沒關係，先從語言開始習慣吧。」

我鼓勵心情低落的她，接著各自端著漢堡套餐朝空位走去。

在店裡移動時，每個男性顧客的眼睛都緊盯著愛西亞。

一方面是因為修女不常見，最主要的原因還是她的可愛引人矚目。

只要是男人，見到她都會忍不住多看幾眼。

我們面對面坐下，然而愛西亞只是一直盯著漢堡，一點也沒有開動的意思。

難道她不知道怎麼吃嗎？

喔喔，好老套的發展。

「公主，這要稍微打開包裝紙，然後一鼓作氣大口咬下。」

我一面苦笑，一面示範吃法。

「原、原來可以這樣吃東西！太、太驚人了！」

……好新鮮的反應。愛西亞真是太可愛了。

「薯條也是像這樣用手拿起來吃。」

「什麼！」

愛西亞看著我吃薯條，似乎感到很有興趣。

「不要只是看，愛西亞也吃吧。」

「好、好的。」

她咬了一小口漢堡。

接著開始咀嚼。

「好、好好吃！漢堡原來這麼好吃！」

眼睛閃閃發亮。她平常都吃些什麼東西啊？

「妳沒吃過漢堡？」

「是的。我常在電視上看到漢堡，不過這還是第一次吃到。好感動！好好吃！」

「哎呀呀。那麼妳平常都吃什麼？」

「主要是麵包和湯。也有蔬菜和義大利麵之類的料理。」

感覺好簡樸。教會都是這樣嗎？

「這樣啊這樣啊。那就趁現在好——好品嚐吧。」

「好的。我會仔細品味。」

愛西亞一口接著一口吃了起來，看起來吃得津津有味。

只是她為什麼會出現在那個公園？

雖然她說是利用休息時間出來散心，可是那個時候，我怎麼看都覺得她邊走似乎邊在害怕什麼。

不過在看見我的瞬間，她便鬆了口氣，看起來放心多了。

我很想問她，卻擔心這樣太不識趣。或許等她自己說會比較好吧。

我隨時都願意幫她。

但是考慮到社長等人，我又不能輕易問她在煩惱什麼。

內心為之糾結。

而且看她吃漢堡吃得這麼開心的樣子，又不忍心現在詢問，害她心情變得憂鬱。

嗯，沒錯。今天就這麼辦吧。

我在心中得到結論。

「愛西亞。」

「是、是。」

「今天我們要好好地玩。」

「咦？」

「接下來去遊樂場。」

「山路最速傳說一誠！」

轟──────！

踩下油門，在彎道迅速換檔！

然後一口氣超越對手！

「好快！速度好快，一誠先生！」

哼哼哼，看到了吧愛西亞？見識一下我的方向盤神技吧！

如此這般，我帶著愛西亞來到遊樂場玩賽車遊戲。

別看我這樣，在加入神祕學研究社之前可是回家社。

我和松田和元濱，三個人跑遍附近的遊樂場。

管他是賽車遊戲還是什麼遊戲，都包在我身上！

『WIN!』

畫面顯示的文字宣告我的勝利。

啊啊、又刷新世界紀錄了……我就像這樣陶醉在自己的技術之中。

突然發現愛西亞從我的視線範圍消失。我四處張望，看見她站在夾娃娃機前面。

「怎麼了？」

「啊嗚！沒、沒有……沒、沒什麼。」

聽到我的問題，她試圖掩飾什麼。

「有什麼想要的東西嗎？」

我看向夾娃娃機，裡面放的是超人氣卡通人物「萊丘」的娃娃。有著以老鼠為原型的可愛造型。

這麼說來，它是個發源自日本、紅遍世界各地的角色。

所以愛西亞也知道囉。

「愛西亞，妳喜歡萊丘嗎？」

「咦！沒、沒有、我、那個……」

滿臉通紅的愛西亞低下頭，很不好意思地點點頭。

「好。我夾給妳！」

「咦！可、可是！」

「別可是了，我夾得到。」

事不宜遲。我立刻投下零錢，開始移動夾子。

別看我這樣，夾娃娃機我也還算拿手喔？

儘管如此，我卻陷入一番苦戰。

第一次我把娃娃夾到比較好夾的地方，第二次則是完全落空。

第三、第四次也都沒夾起來，正當愛西亞感到不安時，第五次終於讓娃娃掉進取物口！

「好耶！」

我忍不住擺出勝利姿勢，然後從取物口拿出夾到的萊丘娃娃交給愛西亞：

「拿去吧，愛西亞。」

愛西亞接過娃娃，滿心歡喜地將娃娃抱在胸前：

「謝謝你，一誠先生。我會珍惜這個娃娃的。」

「喂喂，不過是個娃娃，想要我可以再夾給妳。」

儘管我這麼說，她還是搖搖頭：

「不，今天你送的這隻萊丘是今天的邂逅帶來的珍貴禮物。為了紀念唯有今天的邂逅，我想好好珍惜這個娃娃。」

……這番話聽起來挺難為情的。

可是從她口中說出來，倒是很適合。

這樣也好！

「好！還沒玩過癮呢！愛西亞，我們今天要玩一整天！跟我來！」

「好、好！」

我牽著愛西亞的手，往遊樂場裡面走去。

—○●○—

「啊——玩過頭了。」

「是、是啊……我有點累了……」

我們兩人一面苦笑，一面走在人行道上。

時間已經來到黃昏。

哈哈哈，我竟然沒去上學，盡情玩了一整天。

沒碰上警察算我們走運吧。要是碰到肯定會馬上被帶去輔導。

其實玩到現在還滿累的。我和愛西亞都是。

可是帶著她到遊樂場等地到處亂逛，每到一家店，她的反應都很新鮮，我在一旁怎麼也看不膩。

只是我總覺得之前為了和夕麻約會，儲備的各種知識好像在今天充分發揮作用。沒想到會在這種時候派上用場，真是世事難料。

「唉呀呀。」

我突然覺得腳傷有些許不適，差點跌倒。

「痛痛痛。」

同時也竄過一陣輕微的痛感。

是上次的傷。那個混帳神父造成的槍傷，傷口到了現在還會刺痛。

看來要痊癒還得等上一陣子。

「……一誠先生，你受傷了？該不會是之前的……」

愛西亞的表情變得黯淡。

這讓我覺得自己做錯事了。難得剛度過那麼快樂的時光，卻害她想起不愉快的事。

但是愛西亞就地蹲下，想查看我的傷勢：

「可以請你把褲管拉起來嗎？」

「喔、好啊。」

我拉起褲管，露出左腳的小腿肚。上面還留著槍傷。

愛西亞將手掌放在傷口上。

一陣溫暖、輕柔的光芒照亮我的小腿肚。

那陣光真的很溫暖。是綠色的光。顏色和愛西亞的眼睛一樣漂亮。

感覺光芒之中蘊含她的溫柔。

「感覺怎麼樣？」

愛西亞的柔和光芒消失之後，她要我動一動腳。

我輕輕動了幾下。

喔。喔喔。這個厲害！

「愛西亞，妳真了不起！一點不舒服的感覺都沒有！也完全不會痛！」

我誇張地原地跑步。

愛西亞見狀，也笑得很開心。

「愛西亞真厲害。治癒之力太厲害了。這……應該是神器（sacred gear）吧？」

「是的。沒錯。」

果然是嗎？

「其實我也有神器（sacred gear）。雖然目前還沒派上什麼用場就是了。」

聽到我如此表明，愛西亞瞪大眼睛：

「一誠先生也有神器（sacred gear）？我完全沒發現。」

「哈哈哈，因為連我自己也不知道有什麼效果。相較之下，愛西亞的力量實在太厲害了。除了人類和動物以外，連身為惡魔的我都能治好耶。」

愛西亞露出複雜的表情，微微低下頭。

過了不久，她的臉頰出現淚痕。

而且淚水不只一滴，而是接二連三緩緩落下。

她當場嗚咽起來。

我不知該如何是好，只好帶著愛西亞找個地方坐。

找到一處行道樹下的長椅，我和愛西亞一起坐下。

她就在這裡對我娓娓道來，關於被奉為「聖女」的少女最後的下場。

少女出生在歐洲的某個地方，一生下來就被雙親遺棄。

被丟在教堂兼孤兒院的少女，和其他孤兒一起在修女的養育下成長。

少女從小便信仰虔誠。在她八歲時，一股力量寄宿在她身上。

她用神奇的力量治療受傷的小狗，正巧被天主教會的關係人士看見。

從此之後，少女的人生跟著改變。

少女被帶到天主教會的總部，以擁有治癒之力的「聖女」之姿被拱上台面。

教會讓她治療來訪的信徒身上的不適，稱之為保佑。

一傳十、十傳百，少女成為受到眾多信徒崇拜的「聖女」。

少女自己的意志受到忽略。

她對自己的待遇沒有不滿。教會的相關人士對她很好，她也不討厭治療傷者。

甚至為自己的力量派得上用場感到高興。

少女感謝神賜予自己這樣的力量。

但是她覺得有些寂寞。

因為少女沒有任何一個要好的朋友。

每個人都對她很好，都很愛護她。但是沒有任何人願意當她的朋友。

她知道。

那些人在背地裡，都是以看待異種的態度看待她的力量。

彷彿她不是人類，而是「能夠治療人類的生物」。

轉機在某一天造訪。

少女恰巧治療了出現在她附近的惡魔。

少女無法放任受傷的惡魔不管。

儘管是惡魔，既然受傷，就應該要治療。

大概是與生俱來的溫柔個性使然。

這件事讓少女的人生有了一百八十度的轉變。

一名教會關係人士偶然看見她的行動，於是向教會報告。

教會的司鐸因而感到驚訝。

「那是能夠治療惡魔的力量？」

「怎麼可能有這種荒唐事！」

「治癒之力應該只對受主保佑者有效！」

沒錯，世界各地都曾出現擁有治癒之力的人。

但是能夠治癒惡魔的力量，實在超乎常理。因為治癒之力對惡魔和墮天使無效，這在教會內部被認為是常識。

過去似乎也曾出現這樣的例子。

連不受主保佑的惡魔還有墮天使都能夠治療的力量。然而這種力量被視為「魔女」之力而受到教會畏懼。

於是教會的司鐸們開始視少女為異端。

「妳這個能夠治療惡魔的魔女！」

原本被奉為聖女的少女，只是因為能夠治療惡魔便被視為「魔女」，受到天主教會畏懼，進而鄙棄。

在少女無處可去時，一個位於遠東的「離群驅魔師」組織收留了她。

也就是說，她被迫轉受墮天使保佑。

少女從來不曾忘記向神禱告，也未曾忘記感謝。

儘管如此，少女卻遭到遺棄。

神沒有拯救她。

最大的打擊是教會裡沒有一個人袒護她。

沒有任何人站在少女這邊。

「……一定是我禱告得不夠。因為我有點少根筋，就連買個漢堡都沒有辦法一個人做到，真是個笨蛋。」

少女——愛西亞一面笑，一面擦眼淚。

我頓時無話可說。

聽完她無法想像的過去，我不知道該對她說什麼才好。

她是擁有治癒之力的神器(sacred gear)持有者，力量強大到連惡魔的傷都能治療，就像剛才一樣。

「這也是主給我的考驗。因為我是個不成氣候的修女，祂才會要我多加磨練。現在應該要忍耐。」

愛西亞一邊笑著，一邊像是在說服自己一般說道。

夠了，妳不需要再多說什麼……

「我想總有一天我也會交到很多朋友。其實我有個夢想，我想和朋友一起去買花、一起買書……一起聊天……」

她熱淚盈眶。

我快要看不下去了。她一定一直在忍耐吧。

一直將自己的意志藏在心靈深處，等待神的保佑。

喂。

喂、神！

祢是怎麼了！為什麼不拯救這個女孩！

她比任何人還要乞求祢的救贖不是嗎！她比任何人還要崇敬祢不是嗎！

祢在搞什麼！為什麼沒為她做任何事！

我和祢一點都不熟，也不曾信奉過祢。現在還是個惡魔。

就算是這樣，我還是覺得關心她一下不為過吧？連我這樣的惡魔都辦得到了！

神器(sacred gear)不是祢給她的嗎？

哪有這樣的！哪有這種事！

好，我知道了。既然如此，我知道要怎麼辦了！等著瞧吧，神！

我拉起她的手，直視她帶淚的眼睛開口：

「愛西亞，我來當妳的朋友。不，我們已經是朋友了。」

聽我這麼說，愛西亞愣了一下。

「雖、雖然我是惡魔，不過妳放心。我不會要愛西亞的命，也不會跟妳要什麼代價！不用顧慮什麼，想玩的時候隨時可以找我！啊、我把手機號碼給妳好了。」

我伸手從口袋裡拿出手機。

「……為什麼？」

「哪有什麼為什麼不為什麼！今天我和愛西亞玩了一整天不是嗎？有說有笑一整天不是嗎？既然這樣，我和愛西亞就是朋友！這和是惡魔還是人類，還有神都沒有任何關係！我和愛西亞是朋友！」

「……這是惡魔的契約嗎？」

「當然不是！我和愛西亞是真正的朋友！不用管其他莫名其妙的事！那些都無所謂！想聊天時我們就聊天、想出去玩時我們就一起出去玩。對了，我也可以陪妳去買東西！想買書買花都好，要陪妳幾次都可以！好不好？」

自己都覺得很不會說話。既不動聽也談不上有氣氛。如果是木場，遇到這種時候應該會說出什麼帥氣的發言吧。

但是愛西亞用手摀著嘴巴，眼淚再次奪眶而出。

不過這次不是傷心的眼淚。

「……一誠先生。我是個不諳世事的人。」

「之後多和我上街逛逛就好！到處增長見聞，這根本不算問題。」

「……我不會說日文，也不懂日本文化喔？」

「我教妳！教到妳連諺語都會說！交給我吧！不然我們逛遍日本的文化遺產好了！武士！壽司、藝妓！」

「……我也不知道要和朋友聊些什麼。」

我用力握住愛西亞的手：

「今天一整天，我們不是聊得很順利嗎？這樣就可以了。妳已經和朋友聊過天啦。」

「……你願意當我的朋友嗎？」

「是啊，今後也請多多指教，愛西亞。」

聽到這句話，又哭又笑的她點頭了。

好，這樣就ＯＫ了。

我和愛西亞是朋友！只是場面也搞得太誇張了。

之後我如果在睡前回想起這個場面，一定會難為情到在床上打滾吧。

即使這樣也無所謂。

只要能讓愛西亞露出笑容就可以了。

過去的事情一定讓她很痛苦。我或許無法完全了解那到底有多痛苦。

可是我相信自己可以在未來讓她開心！

惡魔和修女交朋友又如何？一開始我還覺得這種關係不行，現在已經不在乎那點小事。

我以後一定還要以朋友的身分繼續和她見面。沒有任何人可以妨礙我。

我要保護愛西亞！

「不可能的。」

像是在否定我心裡的想法，有個第三者的聲音傳進耳中。

轉頭看向聲音傳來的方向，頓時為之語塞。

因為那是我很熟悉的臉孔。

潤澤的黑髮，纖細的身形。

天野夕麻就在那裡。

「夕、夕麻……？」

聽見我驚訝的聲音，她發出似乎感到很奇怪的笑聲：

「哎呀，你還活著啊。而且還變成惡魔了？不會吧，真是爛透了。」

她的聲音不像以前那樣可愛，反而給人成熟又妖豔的氣息。

「……雷娜蕾大人……」

愛西亞如此稱呼夕麻。

雷娜蕾？啊啊，這樣啊。我都忘了。

天野夕麻是墮天使。的確有這麼回事，我一瞬間忘記這件事。

原來如此，墮天使雷娜蕾。這才是她真正的名字。

「……墮天使小姐有什麼事嗎？」

聽到我開口，她便出聲嘲笑：

「麻煩骯髒的下級惡魔不要隨便跟我說話。」

墮天使以鄙夷的眼神斜眼看著我，像是在看什麼打從心底覺得骯髒的東西。

「那個人，愛西亞是屬於我們的東西。可以還給我嗎？愛西亞，妳想逃跑也沒用。」

逃跑？什麼意思？

「……我不要。我不想回那個教堂。不想回殺人的地方……而且妳們還想把我……」

愛西亞的回答明顯帶著厭惡。

發生什麼事了？她在那個教堂怎麼了？

「別說那種話了，愛西亞。我們的計畫不能沒有妳的神器（sacred gear）。吶，和我一起回去吧？我可是找妳找了很久喔？別再給我添麻煩了。」

雷娜蕾漸漸逼近。

愛西亞躲到我背後。她的身體因恐懼而發抖。

我護著她，挺身向前：

「等一下。她都說不要了不是嗎？夕、不對，雷娜蕾小姐。妳帶她回去想做什麼？」

「下級惡魔，不准叫我的名字。簡直是玷污我的名字。我們之間的事和你無關，你再不快點滾回主人身邊，可是會死喔？」

雷娜蕾在手上聚集光芒。

是長槍嗎？

我曾經被她的長槍殺死一次。

在那之前，我要先下手為強！

「sa、sacred gear！」

我對天大喊，光芒包覆住左手，形成赭紅色手甲。

好！成功！

沒有枉費我偷偷練習了那麼久，發動神器（sacred gear）可以不用像之前那樣擺架式了！看見我的神器（sacred gear），雷娜蕾先是愣了一下，立刻放聲大笑：

「我的上級說你的神器（sacred gear）很危險，還下令要我收拾你，現在看來似乎是他們的判斷出錯了！」

墮天使滿心嘲弄地笑著。

怎麼了？什麼事這麼好笑？

「你擁有的是極為普遍的神器(sacred gear)，名字叫『龍手(twice critical)』。能夠將持有者的力量在一定時間裡提升為兩倍。不過即使你的力量變成兩倍也沒什麼好怕。真是個和下級惡魔頗為相稱的貨色啊。」

將持有者的力量提升為兩倍？那就是我的神器(sacred gear)的能力嗎？

而且是極為普遍……

不過現在光是這樣就夠了。

我要設法擊退雷娜蕾，帶著愛西亞逃到別的地方！

可是要逃到哪裡？學校？

不行。會給社長他們添麻煩。

我家？要怎麼向家人說明？

……該死。身為朋友，我卻連該帶愛西亞逃去哪裡都不知道！

啊————！這種小事等一下再想！首先該做的是打倒眼前的墮天使！

該死！和前女友大打出手實在太糟了！

為什麼我老是碰上這種麻煩！

「神器（sacred gear）！快發動！你可以將我的力量加倍對吧？快發動給我看！」

手背部分的寶玉隨著我的話發出光芒，同時傳出語音。

『Boost!!』

瞬間有股力量流進我的體內。

這就是力量加倍的感覺嗎！

好！這樣——

嘶。

鈍重的聲音響起。有什麼東西插在我肚子上。

是光之長槍。我又被刺了。

「即使力量加倍，還是連我刻意壓低威力丟出去的長槍都擋不住啊。你的力量只有一，即使加倍變成二，還是彌補不了我們之間的差距。懂了嗎，下級惡魔？」

我應聲倒地。

慘了。光有毒，對惡魔而言是毒藥。而且還是腹部，這下子——

我原本已經準備好迎接劇痛與死亡，卻遲遲沒感覺到痛楚竄過全身。

因為一陣綠色的光芒包圍我的身體。

仔細一看，是愛西亞在治療我。她伸手抵在我的肚子，正在治癒我的傷口。

光之長槍慢慢越變越小，逐漸消失。

我沒有感覺到任何痛楚，反而感覺得到愛西亞的體溫。

「愛西亞，如果想要我饒那個惡魔一命，就和我一起回去。我們的計畫不能沒有妳的神器(sacred gear)。妳的力量『聖母的微笑(twilight healing)』和那位下級惡魔的神器(sacred gear)不同，相當稀少。如果妳不聽我的話，我只好殺掉那個惡魔。」

雷娜蕾冷酷地提出條件。

拿我當人質啊！休想得逞！

「少、少囉嗦！誰、誰要聽妳的——」

「我知道了。」

愛西亞打斷我的話，接受墮天使的條件。

「愛西亞！」

「一誠先生。謝謝你今天陪我玩了一整天，我真的很開心。」

她笑容滿面。我腹部的傷口完全癒合了。

確認我的傷口無礙之後，愛西亞走向雷娜蕾。

「真是乖孩子，愛西亞。這就對了。放心吧。經過今天的儀式，妳的苦惱就會消失。」

雷娜蕾露出討厭的笑容。

該死！她和我認識的夕麻像歸像，卻又截然不同！

話說儀式又是什麼！怎麼聽都不吉利到了極點！

我對愛西亞大喊：

「愛西亞！等等！我們是朋友吧！」

「是的。真的非常感謝你願意和我這種人當朋友。」

我發誓過要保護愛西亞的。

「愛西亞，我、我！」

愛西亞回過頭，依然是笑容滿面。

她的笑容讓我不禁看得出神。

「再見了。」

這是她道別的話語。

雷娜蕾的黑色羽翼包住愛西亞的身體：

「下級惡魔，是她讓你撿回一條命。如果下次再妨礙我，到時候我真的會殺了你。再見了，一誠同學。」

訕笑的墮天使抱著愛西亞飛到空中。

隨即消失在天空的盡頭。

原地只留下黑色羽毛和我，以及掉在路上的萊丘娃娃。

——我什麼也辦不到。

還說什麼「我要保護愛西亞」。

我跪在地上，一拳又一拳捶打柏油路面。

咬牙切齒的我流下悔恨的眼淚。

該死。該死。

該死————————————————！

「愛西亞……」

我呼叫消失在空中的朋友名字。

沒有人回答。

「愛西亞————————！」

我有生以來第一次詛咒自己的無力。

Life.4　拯救朋友！

「啪！」

清脆的聲音在社辦裡迴響。聲音來自我的臉頰。

我被打了。被社長打耳光。

社長表情凝重開口：

「你要我說幾次才會懂？不行就是不行。我不會認可你去救那個修女。」

我沒能幫助愛西亞，於是前往學校向社長報告詳情。

報告完畢之後，我提議前往那間教堂。

目的當然是為了救出愛西亞。

然而社長表示完全不打算插手管這件事。

我無法接受，明知道很失禮，還是對著社長咄咄逼人。結果就是被打。

第一次被打耳光，比我想像中的還要痛，尤其是心。

畢竟社長那麼期待我的表現，我卻一直說些忤逆她的話。

儘管如此，有些事我還是不能讓步。

「那麼就算只有我一個人也要去。我還是很擔心所謂的儀式。墮天使一定在背地裡有什麼企圖，沒人能保證危險不會波及到愛西亞。」

「你真的是笨蛋嗎？你去了肯定會被殺。你已經沒有辦法再復活囉？你真的懂嗎？」

社長一面表現她的冷靜，一面訓誡我：

「你的行動會嚴重影響我和其他社員！你是吉蒙里的眷屬惡魔！你要有所自覺！」

「那麼請讓我脫離眷屬。我以個人的身分潛入那間教堂。」

「怎麼可能這麼做！你為什麼就是不懂！」

這好像是我第一次看見社長這麼激動。

看來我真的給她添了很多麻煩。

可是社長，我還是不能讓步。因為──

「我和愛西亞．阿基多是朋友。愛西亞是我很重視的朋友，我無法拋棄朋友不管！」

「……那還真是了不起。能夠當著其他人的面說出這種話，我真的覺得你很厲害。不過這兩件事不能混為一談。惡魔和墮天使之間的關係比你想像中還要複雜。我們可是幾百、幾千年來互看對方不順眼喔。一個不小心被逮到機會就會被他們殺掉。他們可是敵人。」

「既然是敵人就該讓他們灰飛煙滅，這才是吉蒙里眷屬不是嗎？」

「…………」

我和社長互瞪。

我沒有錯開視線，一直從正面凝視。

「她原本是神那邊的人。和我們從最根本的地方便無法並存。即使現在投靠墮天使，依然是我們惡魔的敵人。」

「愛西亞不是敵人！」

我強烈否定。那麼溫柔的女孩怎麼可能是敵人！

「就算不是敵人也是和我們沒有關係的人。一誠，忘了她吧。」

怎麼可能叫我忘記就忘記！

這時朱乃學姊接近社長，在她耳邊說了幾句話。

怎麼了？發生什麼事了嗎？朱乃學姊的表情也很凝重，然而她告訴社長的事似乎和我們的爭執沒有關係。

聽過朱乃學姊的報告，社長的表情變得更加凝重。

看來真的出事了。

社長瞄了我一眼，然後環視社辦內的全體社員說道：

「有件要事進來了。我等一下要和朱乃稍微外出。」

——！

怎、怎麼這樣！

「社、社長，我的話還沒說完——」

社長用食指抵住我的嘴巴，打斷我的發言。

「一誠，我有幾件事要告訴你。首先是第一件事。你好像認為『士兵』是弱小的棋子是吧？對不對？」

我默認社長的疑問，點了點頭。

「這種想法是天大的錯誤。『士兵』擁有其他棋子沒有的特殊能力。就是『升變』。」

升變？

那是什麼？

「就和真正的西洋棋一樣，『士兵』在抵達對方陣地的最深處時，就能夠升級，變化為『國王』以外的任何棋子。一誠，當你踏進我所認定的『敵方陣地』最重要的地方時，就能變成『國王』以外的棋子。」

還有這種事！那、那就是說我可以變成木場的「騎士」、小貓的「城堡」，甚至是朱乃學姊的「皇后」嗎！

「你變成惡魔的時日尚淺，要升變為最強的棋子『皇后』對你的負擔太重，目前大概辦

不到吧。不過『皇后』以外的棋子應該沒問題。只要在心中用力想著『升變』，你的能力就會有所變化。」

太棒了！光是知道這件事就是大收穫！

這個力量再加上我的神器(sacred gear)，說不定至少可以揍飛那個神父！

「還有一件事是關於神器(sacred gear)。一誠，你在使用神器(sacred gear)時，一定要牢牢記住這件事。」

社長伸手撫摸我的臉頰：

「——意念要堅定。神器(sacred gear)是以意念為動力，力量強弱也是依意念而定。即使你現在是惡魔，仍然擁有意念的力量。只要你的意念力量夠強烈，神器(sacred gear)自然就會回應你。」

——意念。

神器(sacred gear)是以意念為動力……

這樣啊，也就是說我心裡想得夠用力，就可以發動囉。

「最後還有一件事絕對不可以忘記，一誠。『士兵』也能吃掉『國王』。這是西洋棋的基本，套用到惡魔棋子依然是不變的事實。你可以變強的。」

社長最後留下這句話，就和朱乃學姊一起從魔方陣跳躍到別的地方。

我重重呼出一口氣，下定決心準備離開現場。

「兵藤同學。」

木場叫住我。

「你要去嗎？」

「是啊，我要去。不去不行。因為愛西亞是我的朋友，我不去救她怎麼行。」

「……你會被殺喔？就算你擁有神器(sacred gear)、就算你使用升變，一個人還是無法對抗一群驅魔師和墮天使。」

沒錯。

這種事我早就知道了。我很清楚。

「儘管如此還是要去，就算會死也要讓愛西亞逃出來。」

「雖然我很想說欣賞你的決心，不過這樣還是太魯莽了。」

「不然你說我該怎麼辦！」

木場堅定地對大呼小叫的我說道：

「我跟你去。」

「啥……」

出乎預料的這句話，讓我瞬間為之語塞。

也難怪我會嚇到。我完全沒料到他會這麼說。

「我不太清楚愛西亞是個怎麼樣的人，可是你是我的夥伴。雖然社長那麼說，我還是想

尊重你的個人意志，而且我也不太喜歡墮天使和神父。甚至可以說是憎恨。」

……看來這傢伙過去似乎也有什麼遭遇。

只是沒想到我會從這個傢伙口中聽到「夥伴」兩個字……

「社長不是說了嗎？『當你踏進我所認定的〈敵方陣地〉最重要的地方時，就能變成〈國王〉以外的棋子。』。這句話其實是繞圈子在說『承認那間教堂是莉雅絲．吉蒙里的敵人所在的敵對陣地』了。」

「啊。」

我終於發現了。

是喔，原來是這麼回事。

這樣一來就符合我的升變發動條件了。

「社長的言下之意是准許你去，那其實是間接認可。當然，其中應該也包含要我協助你的意味吧。看來社長也有她的打算，否則我想她應該會不惜把你關在這裡也要阻止你吧。」

木場露出苦笑。

……社長，謝謝妳！

我再次為社長寬大的心胸而感動，不禁由衷地感謝她。如果我能平安歸來，一定會超級賣命工作！

正當我對不在這裡的社長心懷感謝時，嬌小的少女也向我走近一步。

「……我也去。」

「啥、小貓？」

「……只有你們兩個去我會擔心。」

小貓————————！雖然妳面無表情讓人看不出來在想什麼，但是我可以感覺得到深藏在妳心中的溫柔！

「我好感動！我現在猛烈地覺得感動啊，小貓！」

少女的意見令我感動萬分。

「啊、咦？我、我也有說要跟你一起去啊……？」

被我扔到一旁的木場顯得非常落寞，笑容也變得僵硬。

我知道，木場。我也很感謝你。

看到他這種反應，害我覺得困惑的型男有點可愛。

好！這下子沒問題！一定可以成功！

「那麼就由我們三人展開搶救作戰吧！等我們喔，愛西亞！」

就是這樣，我們三人動身前往教堂。

—○●○—

天色已晚，街上的路燈照亮馬路。

我、木場、小貓，三個人待在看得見教堂的位置探查情況。

沒有人員出入。

不過越靠近我就越是感到惡寒。渾身都在冒冷汗。

我詢問木場，他表示「從這個氣息判斷，裡面確實有墮天使」。

原來如此，首領在裡面就對了。

「來，這是配置圖。」

木場在路上攤開一張看似建築平面圖的東西。

是教堂的配置圖。平面圖啊，竟然有這種東西……

「哎呀，這是進攻敵對陣地時必備的東西喔。」

型男邊說邊露出笑容。

喔喔，真是無微不至的協助。我在來到這裡之前，根本沒想到要做這種準備，就直接這麼打算闖進去。

我真是太過天真了。

木場指著圖上的聖堂開口：

「除了聖堂之外就是宿舍。比較可疑的應該是聖堂吧。」

「你的意思是可以不用管宿舍囉？」

「八成可以。像這種『離群驅魔師（exorcist）』的組織肯定會在聖堂動什麼手腳，在聖堂的地下進行可疑的儀式。」

「為什麼？」

我忍不住提出疑問。木場苦笑說道：

「他們喜歡在過去自己崇敬的神聖場所從事否定神的行為，藉以沉溺在自我滿足及對神的褻瀆。正因為曾經愛過卻被捨棄，才會帶著憎惡之意，故意在聖堂地下進行邪惡詛咒。」

他們瘋了。不，神捨棄盡心崇敬祂的信徒，或許也有錯吧。

不過也有可能是因為現在的我為了愛西亞的事討厭神，才會這麼想吧。

「從入口到聖堂不過是幾步的距離，應該可以一口氣衝過去。問題是在進入聖堂之後，要如何找出通往地下的入口，還有能否打倒正在等待我們的刺客。」

刺客……

聽見這兩個字，我心裡有個不祥的預感。

在月光的映照下，我們幾個在教堂的入口互望一眼，點頭示意。

我們已經作好心理準備！

接下來只剩下闖進去！愛西亞，等我！

噠！

我們穿過入口，一口氣衝進聖堂。

這時候墮天使就會察覺到我們闖進來了。

也就是說對方已經發現我們的入侵。

事到如今也無路可退。現在只能前進！

我們猛力推開對開大門，踏進聖堂。

長椅、祭壇。看起來感覺只是個普通的聖堂，蠟燭和電燈的光芒照亮室內。

……也有不正常的地方。

釘在十字架上的聖人彫像。彫像的頭部遭到破壞。

讓人感覺不太舒服。

啪啪啪啪。

一陣掌聲突然響徹整個聖堂，柱子後面走出一個疑似神父的人影。

我看見他的長相，便感到不太痛快。

「又見面啦！好個重逢啊～～！真令人感動啊～～！」

是那個白頭髮的臭神父！

我記得他好像叫弗利德？就是那個傢伙。所以刺客就是他囉。

他臉上還是一樣掛著不正經的笑容。

「我這個人一向不會和一個惡魔見兩次面！因為我實在太強了，惡魔第一次見到我就會死！一旦見到我就會被大卸八塊！就是和屍體吻別！這就是我的生存之道！可是都是因為你們妨礙我，害我的生活態度毀於一旦！這樣不行喔～～妨礙我的人生規劃不行喔～～！所以啦！因為我很不爽！所以想要你們去死！就死吧！你們這些狗屎惡魔垃圾——————！」

一次表現出喜怒哀樂之後，神父頓時亢奮到極點。

他從懷中掏出慣用的手槍和只有握柄的劍。

嗡——

光之刃出現了。被他的劍砍中會很麻煩吧。子彈也不容小看。

只是現在和當時不同，是三對一。

「你們是來救愛西亞的吧？哈哈哈！竟然會來救那個治療惡魔的傷的賤女人，你們惡魔還真是心胸寬大啊！話說光是受到惡魔誘惑，那個狗屎修女就已經夠該死了！」

死？死是怎麼回事！

「喂！愛西亞在哪裡？」

「嗯——那個祭壇底下有通往地下的隱藏階梯。從那個階梯下去就能前往進行儀式的祭儀場囉。」

他指著祭壇，很乾脆地說出地下的隱藏地點。

這個傢伙有沒有身為刺客的自覺啊？還是他覺得就算說出來，把我們殺死就沒問題，有這樣的自信才會這麼做？

「sacred gear——！」

隨著我的叫聲，赭紅色手甲出現在我的左手。

神器(sacred gear)裝備完成！好！

木場也從劍鞘裡拔出劍，小貓則是——

嘩！我嚇到眼睛差點掉出來。

「隆隆隆……」

小貓舉起比自己大上好幾倍的長椅。

「……壓死你。」

呼！

小貓將長椅朝神父丟過去！

怪力少女，這是什麼超乎尋常的攻擊方式！

「哇——喔！囂張什麼！」

神父一個跳步，用手上的光之劍將飛來的長椅一刀兩斷。

斷成兩截的長椅掉到地上。

「在那裡。」

噠！

才聽見木場衝出去的聲音，他已經不見人影。

肉眼追不上的速度！

鏘！

木場的劍和神父的光之劍撞出火花。

雖說是光之劍，好像還是有硬度。即使木場用劍正面砍去，只是發出金屬碰撞聲。

「嗯——！嗯——！好麻煩！好囂張！你們為什麼會這麼礙事！真是太遜了！這好像不流行了！既然不流行就讓你們流血好了！」

木場以自豪的快腿閃過沒有聲響的光彈，手上的攻擊也沒停過。

能夠躲過神父所有的攻擊，木場真是太強了。

但是，能夠和惡魔正面火拼的混帳神父也不是省油的燈。

嗚哇，他又擋下木場這一刀了！

我的眼睛跟不上木場的動作，但是神父可以。

所以那個混帳神父並非我一個人應付得來的對手囉。

木場和神父之間的戰鬥，終於又演變成刀劍互抵、僵持不下的局面。雙方四目互瞪。

「不錯嘛。你還挺厲害的。」

「哈哈哈！你也不錯啊！是『騎士(knight)』啊！動作不拖泥帶水！真是太棒了！沒錯沒錯，就是這樣。最近都沒有這種優質戰鬥！害我厭倦到有點想哭了！嗯——！嗯——！我要宰了你！」

「那麼我也稍微拿出真本事好了。」

木場要拿出真本事？他想怎麼做？

「吞噬吧。」

低沉的嗓音、懾人的魄力，聽起來完全不像平常爽朗的木場。

木場的劍上瞬間出現黑色的霧氣，覆蓋住整把劍。

——黑暗。

如果要形容那個東西，就是黑暗。

黑暗覆蓋木場的劍。不對，是黑暗變成木場的劍。

黑暗之劍的黑氣從靠在一起的地方延伸到神父的光之劍上，加以侵蝕。

「這、這是、什麼！」

神父看起來相當驚訝。

「——『噬光劍（holy eraser）』，吞噬光的黑暗之劍。」

「你、你也是神器（sacred gear）持有者！」

神器（sacred gear）！木場也有！

黑暗之劍什麼的太帥氣了！

可惡！型男就連武器也會變帥！

神父的光之劍被木場的劍吞噬而失去光芒，連刀刃的形狀都無法維持。

就是現在！只有這個機會！

我衝了出去！

「神器（sacred gear）！發動吧————！」

『Boost!!』

寶玉傳出語音，力量流入我的體內！

目標是那個臭神父！

神父也察覺我的動作。

「我說過——————！你們太囂張了——————！」

他將裝填光之子彈的槍口轉向我。子彈無聲無息射出。

機會來了！

「升變！『城堡(rook)』！」

啪——！

光之子彈沒能射穿我的身體，化為虛無。

「升變！你是『士兵(pawn)』？」

神父似乎非常驚訝。

沒錯，我是「士兵」！是即將揍扁你的「士兵」大人！

「『城堡』的特性！強韌無比的防禦力！」

左拳陷進神父的臉部——我原本這麼以為，但是拳頭傳來接觸硬物的觸感。

不過我管不了那麼多，還是一口氣揮出拳頭！

神父朝後方飛得老遠！

「和誇張的攻擊力。」

我一面喘氣，一面笑著開口。

「誰叫你當時揍了愛西亞。現在揍你一拳爽快多了。」

倒在地上的神父「呸！」朝地板吐了一口血水，搖搖晃晃站了起來。

右邊臉頰腫了起來。

只有這樣嗎？雖然升變「城堡」還是沒有像小貓那樣的攻擊力嗎？

不對，仔細一看，神父手上那把只有握柄的劍變得破破爛爛。

他在快被拳頭打中時，拿那個當成盾牌嗎？

硬物的觸感就是那個啊。反應速度真快。

「……嗯——……哎呀呀，被垃圾惡魔揍了一拳，還得聽這種莫名其妙的話，我真是……——笑啊。」

神父放聲怒吼：

「開什麼玩笑啊！混帳——！狗屎惡魔囂張什麼勁啊啊啊啊啊啊！我要殺了你！絕對！要宰了你！我要徹底把你剁成肉醬，混帳——！」

他從懷裡拿出第二把只有握柄的劍。

還有嗎！到底有幾把！

然而我、木場、小貓已經站在神父的周圍，團團包圍他。

神父發現這個狀況，以視線環顧四周，苦笑說道：

「喔——喔——難道這就是所謂的危機嗎？嗯——我個人實在是不太想被惡魔殺掉，好想撤退了～～沒辦法解決惡魔是有點遺憾，不過我更討厭自己丟掉性命！」

我剛看到神父從懷中拿出一個圓形的東西，他已經將那個東西砸在地板。

耀眼的光線瞬間刺激我們的眼睛。

可惡！是閃光彈！

視力恢復的我瞇著眼環顧四周，已經看不見神父的身影。

他的聲音不知從何方傳來。

「喂。那個雜碎惡魔……是不是叫什麼一誠？我對你fall in love了。我絕對要殺了你。絕對喔？敢揍我又對我訓話的狗屎惡魔，我絕對不會原諒喔？那就再見啦。」

視野完全恢復之後再次看向周圍，已經不見神父的蹤影。

……逃走了嗎？

而且還不忘放話……

心裡雖然這麼想，但是不能繼續多管那個神父。

我和木場、小貓看著彼此點點頭，走向有隱藏階梯的祭壇。

我們三人沿著祭壇下的階梯前往地下。

地下好像也有電力。

我們由木場當先鋒，一路前進。

走下階梯之後，地下只有一條向前延伸的通道。通道兩旁的牆上有幾扇門，看來這裡是地下室。

小貓說聲：「大概在通道底端……因為有那個人的味道……」然後直指前方。

愛西亞就在前面。我突然覺得幹勁十足。

等等我，愛西亞。我馬上到！

走到通道底端，一扇大門出現在我們眼前。

「就是那裡吧。」

「我想裡面應該有墮天使和一大群驅魔師。準備好了嗎？」

我和小貓點頭回應木場的話語。

「我知道了。那就開門——」

正當我和木場準備推開門時，門卻自動打開了。

隨著沉重的開門聲，門後的儀式場映入我們眼中。

「歡迎光臨，各位惡魔。」

墮天使雷娜蕾在房內深處對我們開口。

房間裡有一大群神父。所有人手上都拿著會產生光之刃的劍。

看著房間深處被釘在十字架上的少女，我忍不住大喊：

「愛西亞——！」

聽見我的聲音，愛西亞轉頭看來：

「……一誠先生？」

「沒錯，我來救妳了！」

一見到我的微笑，她便哭了出來。

「一誠先生……」

「真是感人的會面啊，只可惜太遲了。儀式要結束了。」

儀式要結束了？

這是什麼意思——

愛西亞的身體突然發出光芒。

「……啊啊啊，不要啊————————！」

愛西亞放聲尖叫，看起來非常痛苦。

「愛西亞！」

我正準備衝過去，卻被神父團團包圍。

「別礙事！」

「該死的惡魔！滅亡吧！」

「滾開！你們這些混帳神父！我沒空理你們！」

碰！

傳來一聲巨響。我轉頭一看，是小貓揍飛一個神父。

「……請不要碰我。」

木場也拔出黑暗之劍：

「那麼我就一開始就使出全力吧。因為我討厭神父，既然這裡有這麼多神父，就讓我毫不顧忌地盡情吞噬你們的光吧。」

他的目光銳利，讓人從中感覺到冷酷的意志。

黑暗之劍散發漆黑的殺氣。這下要全面開戰了。

「不要啊啊啊啊啊……」

就在我們被神父們絆住時，愛西亞身上飛出一個巨大光球。

雷娜蕾伸手一抓：

「就是這個！這就是我一直以來想要的力量！神器（sacred gear）！只要有了這個，我就能得到愛了！」

雷娜蕾的表情顯得十分興奮。

她緊緊擁抱那個巨大光球，眩目的光芒隨即籠罩整個儀式場。

當光芒平息，全身發出綠色光芒的墮天使出現在我們眼前：

「呵呵呵。哈哈哈哈哈哈！我終於得到了！至高無上的力量！這下、這下子我就能成為至高無上的墮天使了！就可以要那些瞧不起我的傢伙好看了！」

墮天使放聲大笑。

我不理會她，只是朝愛西亞衝過去。

一個神父擋在我前面，但在木場和小貓的掩護之下被打得老遠。

木場的劍吞噬神父的光之刃，小貓便以怪力將失去武器的神父一拳打倒。兩人的搭檔行動相當熟練，顯示出他們的合作並非一朝一夕。

「謝謝！兩位！」

被釘在十字架上的愛西亞渾身癱軟。

不，她一定沒事的！

我解開她手腳的束縛，將她抱下來。

「……一、一誠先生……」

「愛西亞，我來接妳了。」

「…………是的。」

她回答的聲音十分虛弱，感覺不到活力。

喂喂！

她應該沒事吧？怎麼可能這樣……

「沒用的。」

雷娜蕾露出冷笑，又一次像是在否定我心裡的想法一般說道：

「失去神器（sacred gear）的持有者唯有一死。她就要死了。」

「——！那就把神器（sacred gear）還來！」

我放聲大吼，但墮天使只是笑著開口：

「怎麼可能。為了得到這個，我可是不惜欺騙上面的人也要進行這個計劃喔？再來只要把你們殺掉，就不會留下任何證據了。」

「……可惡，我竟然覺得夕麻的模樣這麼可恨。」

聽見我這句話，她放聲大笑：

「呵呵呵，其實和你交往時，我還玩得挺愉快的。」

「……妳是我第一個女朋友。」

「是啊，看你的模樣就知道你有多麼外行。不了解女人的男生耍起來特別有趣。」

「……我原本想好好對待妳的。」

「呵呵呵，你是很疼我。不管我碰上任何麻煩都會立刻幫我，以免我受傷。可是那些全都是我刻意的舉動喔？因為你慌張失措的表情實在太好笑了。」

「……第一次約會，我可是絞盡腦汁擬定計畫。因為我絕對要讓那次約會完美。」

「哈哈哈哈！是啊！那次的確是個非常正統的約會！也因此讓我感到窮極無聊！」

「……夕麻。」

「呵呵呵，我早就想在夕陽下殺死你，所以才取這個名字。很棒吧？吶，一誠同學。」

我的憤怒超越極限，忍不住發出怒吼：

「雷娜蕾————！」

「哈哈哈哈哈哈！你這個爛透了的死小鬼不准隨便叫我的名字！」

雷娜蕾放聲嘲笑。

我感覺到足以令五內沸騰的憎恨。

從來不曾見過如此卑鄙的邪魔歪道。

這個傢伙才是真正的惡魔吧！

「兵藤同學！如果要在這裡一面保護那個女孩一面戰鬥，形勢對我們不利！你先上去！我們幫你開路！動作快！」

木場一面打倒神父一面開口。

的確。還剩下很多神父，要在地下這裡邊保護愛西亞邊和墮天使對戰，終究有個極限。

我瞪了雷娜蕾一眼，便以公主抱的方式抱起愛西亞，衝刺離開現場。

「小貓，我們殺出一條路讓兵藤同學逃走！」

「……收到。」

兩人接連打倒可能會妨礙我的神父。

在兩人的掩護之下，我一口氣衝到儀式場的入口。

「木場！小貓！」

「你先走！這裡由我們擋住！」

「……你快逃。」

「可是！」

「別可是了，快走！」

該死！木場、小貓！你們兩個要帥過頭了！

可是現在的我要依照他們的話去做。他們是我的惡魔前輩，不可能會死！

「木場！小貓！回去之後你們一定要叫我一誠！說好了！我們可是夥伴！」

我只留下這句話。隱約好像看見兩人的微笑。

接著我離開現場，一口氣衝過地下走廊。

爬上階梯的我抱著愛西亞回到聖堂。

愛西亞看起來不太對勁，臉色好蒼白。

我讓她躺在附近的長椅上：

「等一下！妳馬上就可以得到自由了！到時候妳隨時可以找我出去玩！」

聽見我的話，愛西亞輕笑一下。

然後握住我的手。她的手感覺不到絲毫生命力，連體溫都越來越冷。

「……雖然時間不長……可是能交到朋友……我真的很幸福……」

儘管痛苦，愛西亞仍然露出微笑。

「……如果、我能夠投胎轉世、可以再和我當朋友嗎……？」

「妳、妳在說什麼！不准說這種話！我之後還要帶妳去很多好玩的地方！就算你不願意

我也要拖著妳去！去唱歌！去打電動！對了，還要去打保齡球！還有很多好玩的事，像是那個那個！就是那個！」

我淚流不止。

明明是笑著對她說話，眼淚卻停不下來。

我知道。

我明白。

這個女孩會死。

她快死了。

但是我不想承認。

不會有這種事，一定是假的——

「我們不是好朋友嗎！永遠都是好朋友！啊啊、對了！我介紹松田和元濱給妳認識！他們兩個雖然有點好色，可是人都很好喔？他們一定願意當愛西亞的朋友！我保證！我們可以一起大吵大鬧！就像一群笨蛋！」

「……如果、我可以出生在這個國家……和一誠先生上同一所學校……」

「當然可以！來我們學校吧！」

愛西亞伸手撫摸我的臉頰：

「……有你願意為我哭泣……我、已經……」

觸碰我的臉頰的手靜靜地、緩緩地落下。

「……謝謝……」

這是她最後一句話。

她帶著微笑過世了。

我不禁渾身無力。就這樣茫然望著她的死。

眼淚停不下來。

為什麼？為什麼這個女孩非死不可？

她是個好女孩啊？無論傷者是誰她都會治療，是個心地善良的好女孩。

為什麼以前沒有人願意和這麼好的女孩子交朋友？

為什麼以前我不在她身邊？

「吶，神啊！這個世界有神吧！既然有惡魔和天使了，當然也有神吧！祢看到了吧！看到現在的狀況了吧！」

我對著教堂的天花板吶喊：

「不要帶走這個女孩好嗎！拜託！拜託祢！這個女孩沒做錯事！她只是想要朋友！我會永遠當她的朋友！所以拜託祢！我希望她可以展露更多笑容！吶，拜託祢了！神！」

我對著天訴願，卻沒有人回答。

「難道是因為我變成惡魔所以不行嗎？因為她的朋友是我這個惡魔所以不行嗎！」

懊悔令我咬牙切齒。

我無能為力。我沒有足夠的力量。身為一個惡魔，如果我有更強大的力量……

如果我的力量強大到足以救出愛西亞……

事到如今再怎麼後悔，她也不會再對我微笑了。

「哎呀，惡魔在這種地方懺悔？還是在祈求神實現你的願望？」

從我後方傳來雷娜蕾的聲音。

我一回頭，就看見那個墮天使正在嘲笑我。

「你看。這是過來的路上，在地下被那個『騎士(knight)』砍到的傷。」

雷娜蕾對著自己的傷口伸出手。

她的手上發出淡淡的綠光，傷口隨之癒合。

「你看，很棒吧？不管受了多嚴重的傷都能治好。對我們這些失去神祝福的墮天使來說，那個孩子的神器(sacred gear)是最棒的禮物。」

喂。

那道光是屬於愛西亞的。

為什麼是妳在用。

話說回來，木場他們還好吧？我很在意這件事。

「成為能夠治療墮天使的墮天使，我的地位等於受到保障。偉大的阿撒塞勒大人、歐穆赫撒大人，我將成為兩位大人的助力！再也沒有比這個更美妙的事！啊啊，阿撒塞勒大人……我的力量、我的力量將為您所用……」

「誰理妳啊。」

我用力瞪視雷娜蕾：

「誰管妳有什麼目的。什麼墮天使、什麼神、什麼惡魔……這些事根本不應該和她扯上關係。」

「不，當然有關係。因為她是身上寄宿神器(sacred gear)的獲選子民。」

「……就算是這樣，她還是可以過著平靜的生活、還是可以過著普通的生活才對！」

「不，不可能。異質神器(sacred gear)的持有者在任何世界、任何組織都會遭到排斥。因為擁有強大的力量，因為擁有不同於他人的力量。想想看，人類不也會沒來由地討厭這種人嗎？明明這是如此美妙的能力。」

「……要是被排斥，還有我。我會當愛西亞的朋友保護她！」

「哈哈哈哈哈！你辦不到的。因為她明明就死了。那個孩子已經死囉？還說什麼保護不保護的。你根本沒能力保護她！昨天晚上也是，剛才也是！你沒救到那個孩子！你真是個怪人！笑死我了！」

「…………我知道。所以我沒有辦法原諒妳。更沒有辦法，原諒我自己——」

我全都沒有辦法原諒。

無法原諒未能保護愛西亞的自己！無法原諒殺了愛西亞的雷娜蕾！

莉雅絲社長說過的話掠過腦中。

——意念要堅定。神器（sacred gear）是以意念為動力，力量強弱也是依意念而定。

「還給我。」

——即使你現在是惡魔，仍然擁有意念的力量。只要你的意念力量夠強烈，神器（sacred gear）自然就會回應你。

「把愛西亞還給我——————！」

『Dragon booster!!』

像是在回應我的吶喊，我左手的神器（sacred gear）發動了。手背上的寶玉發出耀眼的光芒。手甲還浮現某種花紋。

同時一股力量在我體內流竄，從裝備神器（sacred gear）的左手流向全身。

我任憑不斷湧出的力量驅使，一口氣衝過去。

對著面帶嘲笑的敵人揮出拳頭。

雷娜蕾華麗地躲過這一拳，像是在原地跳舞。

「我就說明得簡單一點讓你這個笨蛋聽得懂，純粹是戰力差距的問題。我是一千。你是一。無論你怎麼做都無法彌補如此的差距。即使你發動你的神器（sacred gear），加倍也只是二。根本無濟於事！你想怎麼贏我啊！哈哈哈哈哈哈哈！」

『Boost!!』

寶玉再次傳出語音。手背上的寶玉上浮現的字樣從「I」變成「II」。

撲通！

我體內出現第二次變化。

力量——某種能夠助我打倒眼前敵人的脈動越來越強。

「嗚喔喔喔喔喔喔喔喔喔！」

我將湧現而出的力量加諸拳頭上，瞬間拉近間距。這時的我已經透過升變轉變成

「城堡(rook)」。

「喔～～？你的力量好像變強了一點？不過還早得很！」

雷娜蕾再次躲過我的攻擊。

下一個瞬間，光芒開始在她的雙手匯聚，逐漸成形。

「這次我多用了一點光力！接招吧！」

嘶咚！

光之長槍貫穿我的雙腳。銳利的兵刃深深刺進我的大腿。「城堡」的防禦力也擋不住。

「唔啊啊啊啊啊啊啊啊啊啊！」

我扯開喉嚨嘶吼。

劇痛傳遍全身，但是我不能在這種地方跪下。

我立刻握住光之長槍。

滋——

「唔嗚嗚嗚嗚啊啊啊啊！」

肌肉灼燒的聲音。好燙！超燙的————！因為是光嗎！光毫不留情地燒焦我抓住長槍的掌心。

手開始冒煙，腳上的傷也是，光劇烈地燒焦我的四肢。

看見我試圖拔出長槍，雷娜蕾在一旁嘲笑：

「哈哈哈哈哈！惡魔竟然敢碰我的長槍，真是愚蠢到了極點！光對惡魔可是劇毒，只消觸碰便會立刻燒焦。那對惡魔來說是最嚴重的劇痛！像你這種下級惡魔──」

「嗯嘎啊啊啊啊啊啊啊啊！」

我聲嘶力竭地怒吼，更加用力地緊緊握住光之長槍，一點一點拉出我的腳。

長槍貫穿腿部的劇痛、光帶給我的劇痛毫不留情地襲擊我。

我痛到覺得自己快要失去意識。感覺不咬緊牙關硬撐，會就這樣痛死。

但是那又如何。那又怎麼樣！

「這種痛楚！和那個女孩！和愛西亞承受的折磨比起來根本不算什麼！」

我痛得涕泗縱橫，依然一點一點拔出長槍。

好痛。痛死了──該死！

可是這算什麼！算什麼！

嘶嘶沙沙。

長槍發出令人厭惡的聲音，逐漸脫離我的雙腳。

離開我的雙腳、從我的手上掉落之後，光之長槍沒碰到地面，一聲不響消失在空中。

噗嗶！

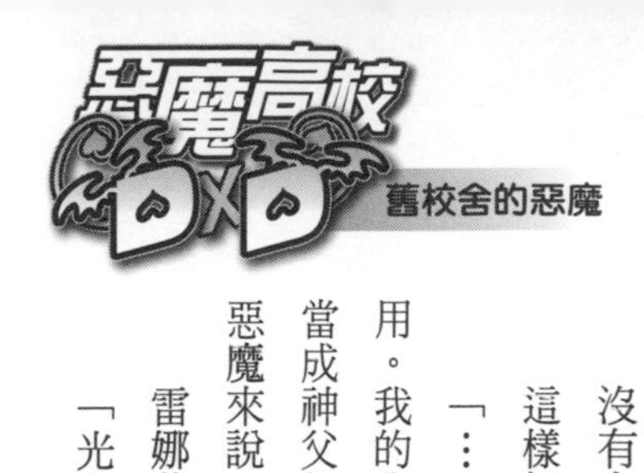

大概是因為沒有東西阻擋，我雙腳的洞冒出鮮血。

即使拔出長槍，痛楚依然存在。

『Boost!!』

因為被長槍刺穿而停止攻勢，但是左手的手甲持續發出語音。

超痛的。痛到受不了。

我哭成一塌糊塗，忍不住流口水。

咚。

我渾身乏力，當場坐倒在地。

沒有力氣站起來了。該死，腳使不上力。不對，我全身都使不上力。

這樣好像不太妙？

「……算你厲害。身為一個下級惡魔竟然能拔出墮天使製造的光之長槍。不過還是沒用。我的光雖然不華麗，但是對惡魔的殺傷力很強。因為我的光力濃度很高，高到能夠用來當成神父們的光之刃來源。就算是中級惡魔，一旦負傷想痊癒也沒那麼簡單。以你一個下級惡魔來說，做到這樣已經算是極限了。呵呵呵，別小看光的傷害喔？尤其是我的光。」

雷娜蕾還是一樣喋喋不休地說著我聽不懂的話：

「光會在你體內蔓延，傷害將遍及全身。再不治療你會死喔。不，正常來說你應該已經死了，真是太頑強了。」

喔——這樣啊。像我這種剛成為惡魔沒多久的廢物，受這種傷很危險就對了。

我想也是。我的身體裡到處都在痛，比普通的疼痛還要誇張。

感覺身體裡好像有一股熱流，把我的骨頭還是肌肉等等都燒焦了。痛楚直接流入神經之中，彷彿只要精神一鬆懈就會發瘋。

再不治療大概會死吧。

可是。

根本沒有時間讓我坐在這裡。但是我的腳使不上力，怎麼會這樣？

我要死在這裡了嗎？

我的視線無意間看向愛西亞。

她靜靜地躺著。

抱歉了，我一直大呼小叫。放心，我沒事。我真的沒事。其實我還挺強壯的。

沒問題的。妳看著吧。愛西亞有什麼不甘心，我會盡量幫妳報復。

「這個時候好像應該向神祈禱一下才對。」

不知不覺間，這句話從我口中脫口而出。

「？」

雷娜蕾頭上冒出問號。我沒理會她，繼續說下去：

「可是求神沒用。剛才祂完全不管我說什麼，也沒出手幫助像愛西亞那麼好的女孩。哈哈哈，神又怎麼樣。」

「你在說什麼啊。終於連腦袋都燒壞了嗎？」

「那就換個對象吧。拜託魔王陛下應該會聽吧？你在吧？有在聽嗎？我好歹也是個惡魔，現在我有個願望，你姑且聽一下好嗎？」

「……這傢伙沒救了。竟然在這種時候自言自語。」

「我想揍眼前這個臭墮天使一拳，麻煩不要讓其他人來妨礙我。萬一有人來插手，我真的吃不消。我也不需要幫手。我可以自己想辦法搞定。對，腳也沒關係。我等一下就會想辦法站起來。所以請保佑我可以和這個傢伙單挑。難得有這麼好的場面。痛楚我勉強忍得住，因為我的怒氣很猛烈——一拳就夠了……讓我揍她吧。」

咕咕咕……

挪動我的腳。雖然腳的感覺已經麻痺。雖然動個一公釐都會感受到劇痛。

但還是動了。屁股一點一點離開地板。

全身抖個不停，但身體還是一點一點向上移動。

好痛。全身上下都痛。可是能動、動得了、只要忍耐到揍她一拳就行了。

「——！不、不可能！以你的身體狀況應該站不起來才對！因為光的傷害——」

雷娜蕾為之驚愕。我漸漸接近她的視線高度。

然後我站直了，站在她的眼前。儘管腳還在顫抖、儘管鮮血大量流失。

「嗨，我的前女友，之前在很多地方承蒙妳照顧了。」

「……你怎麼可能站得起來！下、下級惡魔受了那種傷應該動彈不得才對！光會從內側燒焦你的全身！下級惡魔的魔力不足以緩和光的傷害，怎麼可能承受得住！」

「是啊，痛死了、超痛的、痛到我都快昏過去了。可是我對妳的怒意和憎恨實在太過強烈，看來我可以就這樣頂住。」

我的視線沒有一公釐的偏移，直直瞪視我的對手。

下一拳就是我的最後一拳，揮出這一拳我就會倒下。

所以下一拳一定要打中，不能讓視線離開我的目標。

「吶，我的神器（sacred gear）。你的力量應該足以揍飛眼前這個傢伙才對吧？我們帥氣地用一拳解決吧。」

『Explosion!!』

機械式的語音只有在這個時候，聽起來特別有力。

感覺寶玉的光芒好像也變得更亮。好強的光，有點刺眼。

不過這和墮天使的光不同，非但沒有造成傷害，還讓我感到平靜。

感覺在這道光的照耀之下，力量不斷從體內湧現，很像愛西亞的治癒之光。

其實對惡魔無害的光還不少嘛。

我往前踏出一步，腿上的傷口噴出血來，濺在地上。

同時我也吐了一口血，這下子真的很危險。

劇痛毫無止境。痛到頭皮發麻，不過沒問題，還能動還能動。

手甲依然源源不斷湧出力量，流進我的體內。

傍晚和雷娜蕾對峙時，我因實力的差距感到畏懼。

那時我的惡魔本能察覺到壓倒性的戰力差，全身不住顫抖。覺得自己絕對打不贏。

但是現在不同。

手甲傳來的這股力量強大到不像話。

但是我知道。大概是因為我是神器（sacred gear）的持有者才會知道吧。

這股力量不會永久持續。這股力量只能發揮在一拳。

只要對敵人使用這股力量就結束了。神器（sacred gear）沒這麼說，卻透過身體告訴我。

我擺出準備出拳的架勢。我沒有練過格鬥技，但是只要打中一拳就行了。

目標是眼前的臭墮天使。我要揍她。絕對不會失手。

「……怎麼可能。這是怎麼回事？為什麼、會這樣……那個神器（sacred gear）不是能將持有者的力量加倍的『龍手（twice critical）』嗎？為什麼……這、這怎麼可能。為什麼、你的力量超越我……？陣陣傳來的魔力……這股魔力波動、有中級……不，有上級惡魔的強度……」

我的力量等同上級惡魔？原因是神器（sacred gear）嗎？

喂喂，這個神器（sacred gear）不是只能把我的能力加倍嗎？

上級惡魔我只見過社長一個，所以現在的我暫時有像社長那麼強嗎？

「不可能！不可能會有這種事！我、我可是得到究極治癒之力的墮天使！得到『聖母的微笑（twilight healing）』、使其寄宿在身上的我，已經是至高無上了！已經有資格接受阿撒塞勒大人和歐穆赫撒大人的愛了！怎、怎麼可能輸給你這種下賤的傢伙！」

雷娜蕾的雙手再次製造光之長槍，然後用力投擲過來。

嗡。

我揮拳橫掃，光之長槍便被我揮開、消失。

見到我不費吹灰之力揮開光之長槍，雷娜蕾的表情變得更加蒼白：

「不、不要！」

啪！

雷娜蕾揮動黑色的羽翼，準備隨時起飛。

想逃啊。喂喂，剛剛不是還在嘲笑我、笑得很有精神嗎？

稍微覺得沒有勝算就想撤退嗎？有沒有這麼了不起的。

不過我不會讓她逃的。我怎麼可能讓她逃走！

嗟！

我在她正要起飛的瞬間衝過去，拉住她的手。我的速度令人難以置信，快到連墮天使都無法反應。

她的手臂握起來如此纖細，感覺是那麼無力、軟弱。

我用力抓住雷娜蕾的手，將她往我這裡拉過來。絕對不能讓她逃走。

「別想逃，白癡。」

「我、我是至高無上的！」

「飛啊！該死的天使！」

「可惡啊————！下級惡魔————！」

「喝啊————！」

左臂的手甲一口氣釋放力量。我將所有的力量集中在左手，加諸在拳頭上。

然後對準可恨的對手，朝著她的臉銳利地、準確地、筆直地打出這一拳。

轟！

盛大的打擊聲震天作響。我在陷入她臉中的拳頭持續施力，用力揮了出去。

吃了這一拳，雷娜蕾朝後方飛出去。

喀啷————！

墮天使撞到牆壁，發出巨大的破碎聲。牆壁被撞出一個大洞，捲起漫天煙塵。

塵埃落定之後，終於看得清楚雷娜蕾飛到哪裡。

洞一直連到外面，那個墮天使就這麼倒在地上。

她看起來沒有動靜。看不出來是生是死，但是應該沒那麼容易站起來。

——終於報仇了。

「知道厲害了吧。」

我不禁笑了，這是發自內心的笑。這拳打得真是太爽快了。

不過眼淚隨之掉了下來。

「愛西亞……」

她再也不會對我笑了。

揍飛墮天使的我完全耗盡力量，眼看就要倒地……

咚。

有個人抱住我的肩膀。我轉頭一看，原來是木場。

「辛苦了，沒想到你竟然能打倒墮天使。」

木場帶著笑容摟著我的肩膀，撐住我的身體。什麼嘛，他也一樣全身是傷。

「喲——你很慢耶，美男子。」

「呵呵呵，是社長叫我不要干擾你。」

社長？

「沒錯。因為我相信你能夠打倒墮天使雷娜蕾。」

我轉頭看向聲音傳來的方向，便看見莉雅絲社長甩動一頭紅髮，笑著走近。

「社長，妳從哪裡冒出來的？」

「地下啊。事情辦完之後，我就用魔方陣跳躍到這裡來了。這還是我第一次跳躍到教堂，有點緊張呢。」

社長一邊開口，一邊喘了口氣。

原來如此，所以她才會和木場他們一起上來。

也就是說地下的神父全被打倒囉。既然對上社長，想必沒辦法全身而退吧。

這時小貓輕快走過我的身旁。她要去哪裡？

社長來到我面前：

「看樣子你是贏了。」

「社、社長……哈哈哈，總算是贏了。」

「呵呵呵，做得很棒。不愧是我的僕人。」

她在我的鼻尖輕輕點了一下。

「哎呀哎呀。教堂變得破破爛爛了。社長，這樣好嗎？」

朱乃學姊顯得一臉困惑。

「……這樣、會引發問題嗎？」

我提心吊膽地詢問社長。

「教堂是神——或者是信奉神的宗教擁有的地方，也有像這次一樣屬於墮天使的地方，你也知道吧？像這種情況，如果我們惡魔破壞教堂，之後可能會有其他刺客盯上我們。為了洩恨和報復。」

——

真、真的嗎？

「可是這次應該不會。」

「為什麼？」

「因為這裡原本就是遭到遺棄的教堂。只是有一群墮天使為了自己的利益而利用這裡，我們剛好在這裡稍微打了一架，並不是正式對屬於對方的地盤發動戰爭。這只不過是一個惡魔和一個墮天使在非官方場合發生爭執。這種爭執一年到頭都會在任何地方發生，就只是這樣而已。」

原來如此，事情端看怎麼解釋就對了。

「社長，我拿來了。」

小貓與拖行的聲音一起出現。

她是從牆上的洞裡現身，後面拖著一對黑色羽翼——是墮天使雷娜蕾。

雷娜蕾被我揍飛之後昏迷，於是小貓把她拖回來。

不過為什麼是「我拿來了」……

她的言行舉止還是一樣豪邁，和嬌小的身軀實在不搭。

「謝謝妳，小貓。好了，把她叫醒吧，朱乃。」

「是。」

朱乃向上舉起手，隨著她的動作，空中出現看似水的東西。

這就是惡魔的魔力吧。

朱乃將浮在空中的水團潑向倒地的雷娜蕾。

嘩啦！

「咳、咳！」水聲之後響起雷娜蕾的咳嗽聲。

大概是醒了吧，墮天使緩緩睜開眼睛。社長由上往下睥睨著她：

「妳好啊，墮天使雷娜蕾。」

「……吉蒙里一族的女兒啊……」

「初次見面，我是莉雅絲・吉蒙里。是吉蒙里家的宗主繼承人。雖然時間應該不長，還是請妳多多指教。」

社長帶著笑容對雷娜蕾開口，雷娜蕾則是怒目以對。

但是才瞪了一眼，隨即放聲嘲笑：

「……你們大概以為將了我們一軍吧。真是可惜，這次的計畫雖然沒讓上面知道，不過還有其他墮天使贊同、協助我。在我陷入危機時，他們就會──」

「他們不會來救妳。」

社長打斷雷娜蕾的發言，斬釘截鐵地說道：

「墮天使卡拉瓦那、墮天使多納席克、墮天使米忒托，我已經讓他們灰飛煙滅了。」

「妳胡說！」

雷娜蕾挺起上半身，強烈否認社長的話。

社長從懷中掏出三根黑色羽毛：

「這些是他們的羽毛。身為同族，妳應該看得出來吧？」

看見羽毛，雷娜蕾的表情頓時變得陰沉。

看來這表示社長說的話是真的。

「打從遇見攻擊一誠的墮天使多納席克那個時候，我就察覺有幾個墮天使在這個鎮上密謀什麼計畫。不過當時我以為那是全體墮天使的計劃，所以沒有多管。就算是我也不會笨到和所有墮天使為敵。但是不久前聽說他們突然偷偷摸摸開始採取行動，才帶著朱乃去找他們聊聊。見到面之後，他們馬上招出這是你們獨自進行的計畫。好像還說了什麼協助妳保證可以出人頭地之類的話。越是在背地裡摸進行一些無聊計畫的下賤之徒，越是喜歡把自己在做什麼全都說出來呢。」

社長如此嘲笑。

雷娜蕾咬牙切齒，看來心有不甘。

「大概是因為只有兩個女生去找他們，他們就輕敵了吧。還說是看我們死到臨頭才好心告訴我們這些。呵呵呵，連哪邊死到臨頭都搞不清楚，真是些沒腦袋的墮天使。既然會贊同妳這個無聊的計畫，也難怪他們的程度那麼差。」

原來如此。社長所說的「另有要事」指的就是這個。

暗中收拾其他墮天使……

社長設想得如此周到……

然而我卻對社長說那麼多難聽的話……

慘了。我感動到快哭出來了。

「挨了一擊任何人都會灰飛煙滅，擁有滅亡之力的公爵家千金。社長在年輕一輩的惡魔中是人稱天才、實力數一數二的強者。」

木場說起這些讚揚主人的話語。

「社長可是別名『紅髮滅殺姬（ruin princess）』的實力派喔？」

朱乃學姊也「呵呵呵。」笑著開口。

滅、滅殺姬（ruin princess）……這個外號聽起來好危險……

所、所以我就是滅殺姬的眷屬囉？有、有點可怕……

社長的視線看向我的左手，似乎是在看這個手甲。

「……赭紅色的龍。之前應該還沒有這個紋章……這樣啊，原來是這麼回事。」

不知道是不是我多心，總覺得社長的眼神似乎感到驚訝。

「我知道一誠能夠贏過墮天使最重要的理由是什麼了。」

社長靜靜開口：

「墮天使雷娜蕾。他，兵藤一誠的神器（sacred gear）不是普通的神器（sacred gear），這就是妳的敗因。」

聽社長這麼一說，雷娜蕾一臉訝異，挑起單邊眉毛。

「——『赤龍帝的手甲（boosted gear）』。在神器（sacred gear）當中也是極為罕見的稀有品。浮現在手甲上的赤龍紋章就是證據，妳應該也聽過這個名字吧？」

聽到社長的話，雷娜蕾更是一臉錯愕：

「b、boosted gear……『神滅具（longinus）』之一……儘管只是暫時，但能夠得到超越魔王和神的強大力量……那個不祥的神器（sacred gear）竟然寄宿在這種小鬼的手上！」

「如果傳說無誤，『赤龍帝的手甲』每過人間界時間的十秒鐘，就能將持有人的力量加倍。即使一開始的力量只有一，只要每隔十秒就加倍，最後力量就能提升到足以匹敵上級惡魔或是幹部等級的墮天使。而且要是發揮到極致，甚至能夠殺神。」

真的假的，社長！連神都能打倒嗎！

……這就是我的神器（sacred gear）的力量？

手甲上的確出現一個形狀很像龍的赭紅色花紋沒錯。

之前神器（sacred gear）一直發出「boost」、「boost」的語音，就是每說一次我的力量就會加倍囉。

所以我體內的力量才會不停向上提升。

最後雷娜蕾看見我會覺得害怕，也是因為我的力量在不知不覺間超越她了吧。

竟然有這種神器(sacred gear)……

我心懷畏懼地看著裝備在左手上的神器(sacred gear)。

boosted gear。我的神器(sacred gear)。真是不得了的東西。

啊、可是這樣一來我等於保證可以出人頭地、締造傳說囉？

「不過就算再怎麼強，需要耗費時間的神器(sacred gear)也伴隨很高的風險。沒有對手會乖乖等你的力量慢慢提升到那種程度。這次是對手太過自滿你才能獲勝。」

嗚……被社長說破了。

的、的確，應該沒有敵人會給我時間提升力量吧。

雖然強大，但是也有不少弱點呢，我可愛的神器(sacred gear)。

社長向我靠近。紅髮散發出迷人的香味。

摸摸。

社長伸手摸了我的頭：

「不過真有意思。不愧是我的僕人，一誠果然很有意思。我以後會多疼愛你一點。」

然後「呵呵呵。」露出微笑。

社長的笑容雖然漂亮，從某種層面來說卻很可怕。

「社、社長！」

「什麼事？」

社長笑著發問。滿心歉意的我低下頭來：

「非常抱歉。剛才我說要救愛西亞時，只因為社長不肯幫我的忙，我就說了很多非常失禮的話……可是社長卻在暗中行動幫助我……」

我真心想要道歉。

我原本以為社長是個冷酷的惡魔，所以才會說了那些十分無禮的話。

於是我由衷地想要道歉。社長又摸摸我的頭。

我不知不覺我哭了起來。沒錯，因為我沒能達成目的。

「社、社長……我、我、沒辦法……保護愛西亞……」

「不需要哭。看見你現在這副模樣，又有誰會怪罪你？」

「可是……可是、我……」

社長用手指抹去我的淚水：

「夠了，你只是身為惡魔學得還不夠多，如此而已。快點變強吧。接下來我也會繼續使喚你的，覺悟吧。我的士兵(pawn)‧一誠。」

「是。」

我會加油的。我絕對要變強。

我在心中堅定地立誓。

「那麼，該來進行最後的工作了。」

語畢的社長眼神隨即轉為銳利冷酷。

她走近雷娜蕾。那個墮天使開始感到害怕。

「要請妳消失囉，墮天使小姐。」

語氣冰冷。話中蘊含殺意。

「當然，妳身上的神器(sacred gear)我也會回收。」

「開、開玩笑！這、這個治癒之力是我為了阿撒塞勒大人和歐穆赫撒大人——」

「為愛而活是很不錯，可是妳實在是太骯髒了。一點也不優雅。像妳這種作為，我無法饒恕。」

社長舉手指向雷娜蕾。

看來她打算一口氣解決。

「我來囉。」

這時牆上的洞裡出現一個人影。

神父——弗利德．瑟然。

原來是那個混帳神父！明明已經逃掉又跑回來嗎！

「哇——喔！我的上司看來超危險！怎麼會這樣！」

看見神父現身，雷娜蕾大喊：

「快救我！救了我想要什麼獎賞都給你！」

弗利德露出一臉討人厭的笑容：

「嗯——嗯——天使大人給了我美妙的命令了。咦？這樣說來，獎賞即使是想要色色的事也ＯＫ嗎？我覺得上天使大人可是無上的榮譽，簡直就是身分地位的象徵。」

「唔……別、別鬧了，快救我！」

墮天使的臉孔因憤怒而扭曲。感覺似乎很焦急。

不，她的確是焦急。大概是在想「區區人類怎麼可以背叛我！」吧。

「哎呀呀呀呀呀呀，我可是寫成認真唸成〇〇〇喔……應該說，這麼點獎賞應該不為過吧，天使大人。這樣不行喔。那麼我就走囉～因為戰況怎麼看都是不利到了極點。」

弗利德一面扭動身體一面開口，沒半句正經發言。

「你、你這樣還算是神父嗎！是神父就應該救我！我是尊貴的墮天使！你們——」

「對付垃圾惡魔還會慘敗的上司我才不要——妳雖然漂亮，就是事情做到最後老是出狀況，腦袋也不太好。頂多只能當成色色妄想的對象吧。安心上路吧。不過被神拋棄的墮天使上不了天堂也下不了地獄只能回歸虛無喔。到時候請務必寫一份『無的體驗』報告交來看看我應該會高興一點吧～～？啊、好像很難喔。都已經是無了嘛。的確是很難。又難又無就南無阿彌陀佛！開玩笑的啦！啊、我原本好像是天主教徒！我真是個壞孩子！」

說到這裡，他興味索然地將視線從雷娜蕾身上移開。

這使得雷娜蕾的表情充滿絕望。

可悲。一個墮天使追求力量、大鬧一場之後，下場竟然是這樣。

弗利德笑容滿面看著我。

咦？我？

「一誠一誠。你的能力好棒啊。我對你越來越有興趣了，覺得你越來越有一殺的價值！你是我最想殺的惡魔排行榜前五名，請多指教囉。下次見面就來場羅曼蒂克的廝殺吧？」

抖。

一股寒意爬過我的背。

他的臉雖然在笑，卻同時散發驚人的殺意。

這顯然是對我的挑戰書。不對，是殺人預告。

「就是這樣！再見——！大家記得刷牙喔！」

弗利德揮揮手，迅速從現場消失。

好快。那傢伙逃跑的速度真是快。

我總覺得之後還會再見到那傢伙。

該說是預感還是什麼？總之我有某種難以言喻的詭異感覺。

「好啦，連僕人都拋棄妳的墮天使雷娜蕾。真是可悲啊。」

社長的語氣不帶一絲同情。

雷娜蕾不住顫抖。

我不禁覺得她有點可憐，大概是因為她曾經是我的女朋友「夕麻」吧。

不過那也是她卑鄙的陷阱。

雷娜蕾的視線移到我身上，隨即換上想討好我的眼神。

「一誠同學！救救我！」

聲音也變回還是我的女朋友夕麻時的聲音。

「這個惡魔想殺我！我最喜歡你了！我愛你！所以和我一起打倒這個惡魔吧！」

雷娜蕾再次扮演夕麻，眼眶泛淚，對我苦苦哀求。

覺得妳有點可憐的我實在是太傻了，夕麻。不對，該死的墮天使。

「再見了，我的戀情。社長，我受夠了……麻煩妳動手……」

聽見這句話，墮天使的表情瞬間凍僵。

「……不准勾引我可愛的僕人。灰飛煙滅吧。」

隆！

社長手中施展一記魔力攻擊，轟得墮天使不留痕跡。

只留下我難以言喻的情緒，以及在教堂裡飛舞的黑色羽毛。

淡綠色的光球飄浮在聖堂空中。

那是愛西亞的神器（sacred gear）。

看來是在打倒雷娜蕾之後釋放出來的。

溫暖的光芒照耀著我。社長伸手抓住那個光球：

「好，把這個還給愛西亞·阿基多吧。」

「可、可是愛西亞已經……」

沒錯，愛西亞已經死了。到頭來，我還是救不了她。

我明明發誓要保護她！明明發誓要救她！

就算打倒墮天使，還是救不了她，那麼我們來到這裡又有什麼意義……

不，這樣對我的夥伴們太失禮了。

他們為了我和愛西亞而戰。這場戰鬥對他們沒有任何好處，還是為了我們……

「……社長、各位，感謝你們為我和愛西亞做了這麼多。可、可是，雖然有你們幫忙，愛西亞還是……」

「一誠，你認為這是什麼？」

社長從口袋裡拿出一個東西。

紅色的——

那是個有如血一般、和社長的髮色一樣鮮紅的西洋棋棋子。

「那是？」

「一誠。這個是『主教（bishop）』的棋子。」

「咦？」

事出突然，我聽見這個答案不禁愣在一邊。

「現在才對你說明好像有點慢，其實受封爵位的惡魔手上可以擁有的棋子，有『士兵（pawn）』八個，『騎士（knight）』、『城堡（rook）』、『主教』各兩個，『皇后（queen）』一個，總共十五個。和真正的西洋棋一樣。『主教』的棋子我用了一個，還剩下一個。」

社長邊說邊拿著紅色棋子走向愛西亞。

走到彷彿只是睡著的愛西亞身邊，社長將鮮紅的「主教」棋子放在屍體胸口。

「『主教』的力量是輔助眷屬惡魔。這個孩子的恢復能力能夠成為相當有用的『主教』。雖然是史無前例，不過我要試著讓這個修女轉生成為惡魔。」

鮮紅色的魔力包覆著社長全身。

「我，以莉雅絲·吉蒙里之名下令。汝，愛西亞·阿基多。為了成為我的僕人，靈魂再次回到此地，化為惡魔吧。汝，成為我的『主教』，為重獲新生歡喜吧！」

棋子發出鮮紅色光芒，沉進愛西亞胸中。同時愛西亞的神器(sacred gear)也閃著淡綠色的光芒，沒入她的體內。

確認棋子和神器(sacred gear)完全進入愛西亞體內，社長停止她的魔力波動。

「呼～」

然後社長呼出一口氣。

我茫然望著這一切。

過了不久，愛西亞的眼皮緩緩睜開。

我看見這一幕，壓抑不了心中湧現的千頭萬緒。

「奇怪？」

愛西亞的聲音。

我原本以為再也聽不見這個聲音。

莉雅絲社長對我露出溫柔的笑容：

「正因為她擁有連惡魔都能恢復的力量，我才會讓她轉生。呵呵呵，一誠，之後就交給你保護她囉。你可是惡魔前輩呢。」

愛西亞坐起上半身，四處東張西望了一番，然後盯著我：

「……一誠先生？」

我緊緊抱住歪頭不解的她：

「我們回去吧，愛西亞。」

New Life.

『該起床了！拿出氣勢來！』

……被活力女孩的語音鬧鐘叫醒，我從床上爬起來。

鬧鐘的時間訂得比平常早一個小時。

今天就算再怎麼睡眼惺忪，也要早點到社辦去才行！

我套上制服，衝出房間。

—○●○—

「哎呀，你來啦。」

我抵達社辦時，只有社長在裡面。

學校還沒開始上課。

昨天晚上社長說過今天早上要聚會，所以我才會一大早過來這裡。

社長坐在沙發上，優雅地喝著紅茶。

「早安，社長。」

「嗯，早啊。看來你已經應付得了早上了。」

「是的，托社長的福。」

社長的視線移到我的腳上：

「墮天使造成的傷口呢？」

我在之前的戰鬥中，被光之長槍刺穿大腿。

「沒事，已經用治療力量治好了。」

我帶著笑容回答。

「是嗎？看來她的治癒能力果然不容小覷。也難怪墮天使即使瞞著高層也要得到。」

我走到社長對面的位子，坐了下來。

因為我有幾件事想問社長。

「社長。既然『惡魔棋子(evil piece)』的數量和西洋棋的棋子數量一樣，就表示除了我以外還有其他七個『士兵(pawn)』囉？未來還會再出現像我一樣的『士兵』嗎？」

沒錯，「士兵」棋子的數量應該等同西洋棋的棋子。除了我以外，社長應該還可以擁有其他士兵。我一邊心想總有一天會出現這種狀況，一邊詢問社長。

但是社長搖頭回答我的疑問：

「不，我的『士兵』只有一誠。」

——

咦？這樣我應該高興嗎？

這是在偷偷向我告白嗎？表示「我想要的只有一誠！」之類的。

「將人類轉生為惡魔時需要用到的『惡魔棋子』根據轉生者的能力，有時候需要消耗的棋子會比一般情況要多。」

……原來不是在告白……

什麼意思？消耗棋子？

「西洋棋的世界有這麼一句格言。皇后的價值相當於九個士兵，城堡的價值相當於五個士兵，騎士和主教的價值相當於三個士兵。每種棋子都有這樣的價值基準，這在惡魔棋子也是一樣。而在轉生者身上也有類似的現象可以套用這種基準。有些人必須消耗兩個騎士的棋子才能轉生，也有些人必須消耗兩個城堡的棋子才行。這個部分和棋子的匹配度也有關係。而且一個人無法扮演兩種以上不同的棋子，因此在使用棋子時得慎重行事。惡魔一旦用盡棋子，就無法得到新的了。」

「這件事和我又有什麼關係？」

「一誠，我在讓你轉生時，把『士兵』的棋子全部用掉了。必須用掉所有的棋子才能讓你變成惡魔。」

全部！不會吧。

也就是說，我有相當八個「士兵」的價值囉？

「知道這一點時，我就下定決心，一定要把你變成我的僕人。可是一直以來我都不知道原因，不過現在我懂了。一誠擁有被譽為至高無上的神器（sacred gear）・『神滅具（longinus）』之一的『赤龍帝的手甲（boosted gear）』正因為如此，你才有那個價值。」

我將視線看向左手。

赭紅色的手甲。每十秒就會讓我的能力加倍，瘋狂的力量結晶。

據說若是運用得宜，甚至連神都能打倒。

這麼強的東西配上我實在太浪費了，不過既然已經寄宿在我身上，那也沒辦法。

「我想讓你轉生時，手邊的棋子只剩下騎士（knight）、城堡（rook）、主教（bishop）各一個，還有八個士兵。要讓一誠成為我的僕人，在這些棋子中只能消耗八個士兵。士兵棋子和你的相性也很好，其他棋子沒有讓你轉生的力量。可是士兵的價值原本就是未知數，包括升變的部分也是。我那時便賭上其中的可能性，結果你果然是最棒的僕人。」

社長露出開心的微笑。

她的手指滑過我的臉頰：

「『紅髮滅殺姬ruin princess』和『赤龍帝的手甲』鮮紅色和赭紅色也很配呢。一誠，你就先以成為最強的『士兵』為目標吧。一誠一定辦得到的。因為你是我可愛的僕人。」

——最強的「士兵」。

好響亮的稱號。

正當我這麼想時，社長的臉往我的臉靠過來。

好近！太近了吧，社長！

然後社長的嘴唇觸碰我的額頭。

「這是我的咒語。快變強吧。」

親吻額頭……

暈。

突然進展成這樣，我一時站不住腳，臉頰泛紅。

嗚哇。嗚哇。嗚喔喔喔喔喔喔喔喔喔喔喔喔喔喔喔喔喔喔喔喔！

我腦袋裡面好像有什麼開關打開了！高興過頭，腦內辦起祭典了！

怎麼會這樣！怎麼會這樣！

有生以來第一次和女孩子親吻！

不是臉頰也不是嘴唇，可是再也沒有比這個更令我高興的事！

我感動到眼淚都快流出來了！

我！我會加油的，社長！就算是為了這個吻！也絕對會加油！

「好啦，給你的疼愛到此為止吧。不然可能會被新來的成員妒嫉。」

妒嫉？

社長在說什麼？

「一、一誠先生……？」

背後傳來一個聲音。我聽過這個聲音。

轉頭看見一名笑容僵硬的金髮少女——愛西亞。

「愛、愛西亞？」

咦？她在生氣嗎？

為、為什麼？

「說、說得也是……莉、莉雅絲社長得這麼美，一、一誠先生會喜歡社長也不奇怪……

不對，不行不行。我怎麼可以這麼想！啊啊，主啊，請原諒我罪孽深重的心吧。」

愛西亞雙手合握，擺出祈禱的姿勢。

但是立刻「啊嗚！」一聲叫痛。

「頭好痛。」

「那當然。惡魔對神祈禱當然會受傷。」

社長輕描淡寫地說道。

「嗚嗚，對了。我已經是惡魔，沒有臉面對神了。」

愛西亞看起來心情很複雜。拜託妳不要露出那麼難過的表情。

「後悔嗎？」

社長詢問愛西亞。

愛西亞搖搖頭：

「不，我要感謝社長。無論是以何種形式，能像這樣和一誠先生在一起我就很幸福。」

——

這、這是什麼令人感到難為情的話，聽得我臉都紅了。

不、不過，還、還挺高興的。對男人而言這是最高級的讚美吧。

聽到她這麼說，社長也微笑開口：

「是嗎？那就好。因為妳從今天起也要以我的惡魔僕人的身分和一誠一起到處奔波。」

「是的！我會加油的！」

愛西亞回答得很有精神。

一開始要先從發傳單做起，愛西亞做得來嗎？

我越想越不安。

這時我注意到愛西亞有點不太一樣。應該說我剛才怎麼會沒發現。

「愛西亞，妳這身打扮……」

沒錯，愛西亞身上穿著我所就讀的駒王學園的女生制服。

「好、好看嗎……？」

如此問道的愛西亞顯得有些難為情。

哎呀呀，當然好看！

我彷彿可以聽到男生在討論「這個學園裡又有一位天使降臨了！」之類的話題了。

超適合的！

「超好看的！等一下跟我合照吧！」

「咦、啊、好。」

雖然愛西亞不知該作何反應，但是真的很可愛。啊啊，我的學園生活越來越充實了！

「愛西亞也要就讀這個學園。她好像和你一樣大，所以是二年級。我還把她編進你們班上。今天是她轉學過來的第一天，可要好好協助她喔。」

社長如此說道。

真的嗎！愛西亞？和我同班？

「請多關照，一誠先生。」

愛西亞低頭鞠躬。

我已經在腦海裡想像一面炫耀一面介紹愛西亞給松田和元濱認識的畫面了。光是想像他們心有不甘的表情，我就笑得合不攏嘴。

「嗯，晚一點再介紹我的兩個損友給妳認識。」

「好的，我很期待。」

哼哼哼，松田、元濱，我要一步一步踏上大人的階梯了。

損友們，我不再是沒人愛的高中男生啦——！

正當我在腦中妄想時，木場、小貓、朱乃學姊也走進社辦。

「早安，社長、一誠同學、愛西亞同學。」

「……早安，社長、一誠學長、愛西亞學姊。」

「你們好，社長、一誠、愛西亞。」

三人各自和我們打招呼。

他們全都叫我「一誠」也認同愛西亞是夥伴之一。

太棒了。

再也沒有比這個更棒的事。

社長站起身來：

「好，既然所有人都到齊，我們舉辦個小派對吧。」

語畢的社長彈了一下手指。

茶几上接著出現一個大蛋糕。喔喔，是使用魔力吧。

「偶、偶爾像這樣一大早就聚在一起也不錯吧？剛、剛好有新社員加入，所以我做了蛋糕，大家一起吃吧。」

社長說得有點不好意思。

不過竟然是親手做的蛋糕！當然要懷著感恩的心吃掉！

社長，總之我會先以最強的「士兵(pawn)」為目標努力的。

我會和社長、愛西亞、木場、小貓、朱乃學姊一起加油。

在心裡發誓的我，為了炒熱派對的氣氛，開始準備表演我的才藝「神龍氣功」。

後記

本書的最終頭目，是對主角懷恨在心的「闇龍王黑撒旦」。必殺技是「黑暗氣息零式」，而主角則是以必殺「混沌射擊」與之對抗，雙方經過激戰之後，主角終於打倒最後頭目。結局是女主角和主角飛向天空展開愛的大逃亡。

這就是這樣的一本書。

哈哈哈，我讓從後記先看的讀者搶先知道劇情了！

這是假的。不好意思。以上情節不會在本書出現。

因為有讀者會從後記先看，所以我才一時興起想玩一下。我不會反省的。

初次見面的讀者、好久不見的讀者，大家好。我是石踏一榮。

《惡魔高校D×D》，簡稱《D×D》不知道各位覺得如何？

隔了兩年才推出新書，讓我有點緊張。大概也是因為緊張，害得我的手一直發抖，才會不小心在後記的開頭寫了那段奇怪的東西。

第一次看我的書的讀者應該會覺得「這個作者是怎麼樣，一直提到胸部胸部的。你是哪裡來的胸部星人！」吧？

曾經看過我的書的讀者，看完本書或許會心想「咦？這個傢伙是那個走恐怖小說路線的石踏嗎？他出了什麼事？胸部？」為之驚愕吧？

大人是很複雜的。所以請把這部作品當成是我的轉換跑道之作結束這個話題吧。

這次整體來說是個開朗、興奮、又有點色色的故事。

因為責任編輯叫我「試著寫個好色的少年當主角」嘛……

但是寫著寫著就覺得這實在是太棒了！我自己也寫出興致來了。

後宮作品的主角通常都是以軟弱膽小的少年，或者是正義感雖強但是對女生很沒辦法的男生居多，所以我故意寫了一個最喜歡女生，腦袋又不好的傢伙來當主角。

故事的敘述也是從一誠的視角出發，所以內容上故意寫成笨得有點誇張，會讓讀者忍不住想吐嘈：「喂喂喂，不對吧。多動點腦筋好嗎？」

一誠沒有各位那麼聰明，是個傻到極點的傢伙，請各位以溫暖的心守護他吧。

看來後記的頁數還有剩，來寫點作品的概要好了。

《惡魔高校Ｄ×Ｄ》是描寫兵藤一誠如何力爭上游的「校園奇幻戰鬥戀愛喜劇」。作品類型好像很長，不過我想看過內容的讀者應該能夠理解我想要表達什麼。

主角是以一誠為主。莉雅絲社長是副主角兼女主角。另一位女主角則是愛西亞。是主角加上兩位女主角的故事。

故事基本上就是以這三個人為主軸，加上木場、小貓、朱乃一起大鬧一番。

神祕學研究社，也就是莉雅絲・吉蒙里的眷屬惡魔，以駒王學園為舞台，一面從事惡魔的工作，一面在學園裡展開荒誕的鬧劇，和天使以及墮天使彼此爭鬥，同時也會扯到傳說魔物以及武器的無奇不有故事！以上，預計會是這樣的作品。

創作理念是「戀愛、夢想、戰鬥都是青春！」

既然是以惡魔與天使的故事為主，作品裡當然會提到在神話、傳奇當中出現的各種名字，但是基本上故事設定不會侷限於此。

也就是說，關於聖經和書上所敘述的事件，我只會拿來當作參考，剩下的部分都是作者本人隨興亂來的原創設定。

所以請記得有關天使和惡魔的部分多半都是《惡魔高校Ｄ×Ｄ》的獨創設定。嗯，聖經裡面也不可能提到什麼「惡魔棋子(evil piece)」就是了。

故事裡惡魔、神、墮天使三方鼎立的戰爭已經在數百年前結束，作品描述的是在那之後惡魔和天使發生了什麼事。

打從一開始，有名的天使和惡魔就大多都死光了。

然後，我腦中的構想還有其他方面的設定，比方說：從北歐神話撈點東西過來、從日本妖怪當中取材等等……原則上是很自由的設定。

看完這本書，相信應該會有讀者對莉雅絲社長的僕人有些疑問和期待。

社長表示的已經存在的另外一個「主教(bishop)」是誰？

這點我和責編討論之後決定，等幾集之後再加入這個角色，所以我想如果這個系列能夠順利延續下去，自然就會登場。

還有，剩下的棋子會不會全部補上？

社長手上剩下的「惡魔棋子」還有「騎士(knight)」和「城堡(rook)」各一。這也和「主教」一樣，應該會成為系列作順利發展的過程中所加入的新角色。

咦？根本沒有說明？

不不不，我當然已經準備好了，再來就是希望各位讀者能夠支持。

能不能推出第二集，應該會視第一集的銷售量而定，但是我要強調《惡魔高校D×D》保證會一集比一集還要情色。主要是莉雅絲社長和愛西亞。

我已經預計第二集就會寫得很誇張。真的非常不得了。

話雖如此，預計也有可能會化為泡影。

所以日後還想看見莉雅絲社長的胸部的各位讀者，敬請多多支持。

那麼接下來是答謝的部分。

發起本書企畫的前任責任編輯K桑，還有從企劃開始便一直和我共同努力的現任責任編輯H桑。

非常感謝兩位的照顧。多虧有兩位的幫忙，《惡魔高校D×D》才能順利出版。

在此再次感謝兩位。真的非常謝謝你們。

負責插畫的みやま零老師。

感謝您繪製如此美麗的插圖。社長和愛西亞真的和我腦中的形象一模一樣，我非常感動。把角色的外型和制服設計等等全部丟給您處理，真是非常過意不去。

各位同期作家！

真是讓你們擔心了！謝謝你們每次出去喝酒都給我鼓勵！多虧你們我才能回到戰線！

改天再來一起喝酒吧！

還有各位朋友！

給你們添麻煩了！書總算出版了！感謝你們去年給我那麼多鼓勵！下次一起吃飯吧。

好了，答謝到此結束。

編輯、各位朋友、各位同期作家，再次感謝各位。

謝謝你們。我會繼續努力，希望能有機會創作續集！

對了，我有個從去年開始寫的部落格，請各位隨意過來瞧瞧。

不過裡面的內容只有「神〇寶貝」和「鋼〇」就是了……

希望以後有機會偶爾寫點《惡魔高校D×D》的東西。

石踏一榮的部落格「イチブイ」

http://ishibumi.exblog.jp/

最後，我想借用這個場合，向一個人報告。

還請各位允許我占用幾行的空間。

給在第一集準備期間過世的父親——

爸爸，我順利出書了。

抱歉讓您擔心了。

石踏　一榮

Kadokawa Light Novels

美少女死神 還我H之魂！ 1~3 待續

作者：橘ぱん　插畫：桂井よしあき

神秘死神推動「從乳房開始的世界革命」！
壓抑系情色喜劇第三集，變幻登場！

高中生良介以「色慾之魂」為代價和美少女死神·莉薩菈過著同居生活。由於某些緣故，他從色情變態男轉職成了超級美少女！就在良介的妄想無限延伸之際，居然出現了一位身分不明的死神，而且他還要推動一場「從乳房開始的世界革命」！

各NT$180/HK$50

台湾角川

R-15 1~3 待續

作者：伏見ひろゆき　插畫：藤真拓哉

天才情色作家芥川丈途
能否救回魔王城堡裡的謠江？

　　閃學園中突然冒出一座中世紀的城堡，園聲謠江居然在丈途面前被魔王抓走了！ＲＰＧ劇情就這麼莫名其妙地展開。由村人三號的丈途領軍，加上白魔法師鳴唐吹音和賢者円修律，不知為何連兔女郎們也跑來湊熱鬧。亂七八糟的學園生活第3集！

各 NT$190~200/HK$50~55

Kadokawa Light Novels

台湾角川

青春紀行 1~2 待續

作者：竹宮ゆゆこ　插畫：駒都えーじ

万里與香子陰錯陽差成了好朋友!?
失去記憶的生活將會一帆風順嗎？

就讀大學、來到東京、一個人生活，許多第一次經驗讓多田万里興奮不已，卻在入學典禮當天突然遭到玫瑰花束攻擊。兇手名為加賀香子，聽說是為了跟隨青梅竹馬——也就是万里的好友柳澤進入同一間大學。大學戀愛故事第2集登場！

各 **NT$180/HK$50**

台湾角川

Kadokawa Light Novels

哈囉，天才少女 1 待續

作者：優木カズヒロ　插畫：ナイロン

輕小說界備受矚目的新人作家，
為各位獻上感動的天才青春劇！

「我想邀請你加入第二科學社。」以田徑資優生的身分保送入學，卻因腳傷失去目標的竹原高行，收到海龍王寺八葉的邀請。她是聰明才智凌駕常人的「天才」，高行被耍得團團轉。海龍王寺邀請他加入的原因為何？兩人的關係會如何進展？

台湾角川

NT$180/HK$50

Kadokawa Light Novels

不迷途的羔羊 1~2 待續

作者：玩具堂　插畫：籠目

毒舌傲蕩女仙波明希，
心不甘情不願下再度登場？

一位怎麼看也不像是學生的女僕裝女孩前來羔羊會諮詢，內容是「蛋包飯殺生事件」？成田真一郎等人應付不來，這種時候當然只有借助隔壁房間毒舌傲蕩女仙波的力量☆ω☆

可是她的態度比平常更糟糕，而且絲毫沒有興趣幫忙——!?

各 **NT$180/HK$50**

台湾角川

Kadokawa Light Novels

STRIKE WITCHES

強襲魔女 乙女之章 1~3 待續

作者：南房秀久 原作：島田フミカネ&Projekt Kagonish 插畫：島田フミカネ、上田梯子

「說不定能夠跟涅洛伊互相理解」
如此心想的芳佳獨自前往涅洛伊的巢穴!?

在各個領域發光發熱的強襲魔女，最受歡迎的電視動畫版在讀者們引頸期盼之下在此小說化！大家熟悉的角色宮藤芳佳、坂本美緒等人也將在小說裡展開令人目不轉睛的大活躍。完整改編「強襲魔女」動畫版第一季的輕小說！

台湾角川

各NT$160~180/HK$45~50

Kadokawa Light Novels

櫻花莊的寵物女孩 1~5 待續

作者：鴨志田 一　插畫：溝口ケージ

變態、天才及凡人齊聚一堂，
爲您獻上青春學園的戀愛喜劇！

寒假來臨，空太帶著真白、七海跟美咲學姊一起回到了福岡的老家，空太的妹妹優子竟開始對真白燃起了謎樣的敵意!?假期結束後，接踵而來的是空太的遊戲企劃報告、仁學長的大學入學考試，以及七海所屬的聲優事務所甄選活動——

各 **NT$200~240/HK$55~68**

台湾角川

Kadokawa Light Novels

花×華 1~2 待續

作者：岩田洋季　插畫：涼香

園端夕與「兩個HANA」的戀愛故事，
即將邁入酷熱的夏之章！

影研會為了拍攝新的電影，趁著暑假來到海邊的旅館集訓……既然拍攝地點在海邊，就免不了要穿泳裝。成宮花身穿比基尼，而東雲華則穿著類似細肩帶背心的兩截式泳裝。兩人第一次有機會和夕在外過夜，雖然害臊卻也隱藏不住內心的興奮——

各 **NT$200/HK$55**

國家圖書館出版品預行編目資料

惡魔高校DxD 1, 舊校舍的惡魔 / 石踏一榮
作 ; Kazano譯. -- 初版. -- 臺北市 : 臺灣國
際角川, 2012.02
面 ; 公分
譯自 : ハイスクールD×D 1, 旧校舍のディアボ
ロス
ISBN 978-986-287-599-5(平裝)

861.57 100028226

Kadokawa
Fantastic
Novels

惡魔高校D×D 1
舊校舍的惡魔

（原著名：ハイスクールD×D1 旧校舍のディアボロス）

2012年2月20日 初版第1刷發行
2022年3月18日 初版第7刷發行

作　者：石踏一榮
插　畫：みやま零
譯　者：kazano

發行人：岩崎剛人
總編輯：蔡佩芬
編　輯：高韻涵
美術設計：黃永漢
印　務：李明修（主任）、張加恩（主任）、張凱棋

發行所：台灣角川股份有限公司
地　址：104台北市中山區松江路223號3樓
電　話：（02）2515-3000
傳　真：（02）2515-0033
網　址：www.kadokawa.com.tw
劃撥帳戶：台灣角川股份有限公司
劃撥帳號：19487412
法律顧問：有澤法律事務所
製　版：尚騰印刷事業有限公司
ＩＳＢＮ：978-986-287-599-5